主编 凌翔   当代著名作家美文自选集

把每一个日子都过成诗

张素燕 著

民主与建设出版社
·北京·

© 民主与建设出版社，2020

图书在版编目 (CIP) 数据

把每一个日子都过成诗 / 张素燕著 . —北京：民主与建设出版社，2020.2
ISBN 978-7-5139-2881-6

Ⅰ.①把… Ⅱ.①张… Ⅲ.①散文集—中国—当代 Ⅳ.① I267

中国版本图书馆 CIP 数据核字（2020）第 018226 号

把每一个日子都过成诗
BA MEIYIGERIZI DOU GUOCHENG SHI

著　　者	张素燕
责任编辑	周佩芳
封面设计	陈　姝
出版发行	民主与建设出版社有限责任公司
电　　话	（010）59417747　59419778
社　　址	北京市海淀区西三环中路 10 号望海楼 E 座 7 层
邮　　编	100142
印　　刷	唐山楠萍印务有限公司
版　　次	2020 年 7 月第 1 版
印　　次	2020 年 7 月第 1 次印刷
开　　本	710 毫米 ×1000 毫米　1/16
印　　张	13
字　　数	200 千字
书　　号	ISBN 978-7-5139-2881-6
定　　价	49.80 元

注：如有印、装质量问题，请与出版社联系。

目 录

第一辑　把每一个日子都过成诗

把日子过成诗　002
只要心情在，一切不荒芜　004
盛夏里的小幸福　006
冬风舞韵　008
心向太阳，沐浴阳光　010
荒芜也能开出花来　013
快乐的源泉　015
不计较，不纠结　017
春风拂，丝巾飘　019
横看成岭侧成峰　021
腊八粥里的爱　023
蒸月饼　026
冬日里的那抹暖意　028

第二辑　享受沿途的风景

大美中国欢迎你　032
少年中国强　035
挑战生命中的十八盘　038
夜宿泰山　041
泰山云海　044

美哉，凤凰！　046

画里青春　048

又见平遥　050

享受沿途的风景　052

十里桃花香　054

骑着自行车去拜年　056

还有诗和远方　058

单车上的青春流年　060

享受奔跑的每一步　062

醉在山水之乐　065

第三辑　灵魂深处的美

灵魂深处的美　072

最真实的演讲　074

一元人民币　077

有一种感动叫做被人关注　081

最美儿童节　083

老人与爆米花　085

交朋友　087

不对称的美　090

大爷，等一等　092

更向《论语》觅知音　094

向孟子学习积极心理学　097

第四辑　倾听花开的声音

和儿子相约在唐诗　104
让儿子做导游　106
和儿子一起去书店　108
教孩子学会分享　110
该放手时就放手　112
让儿子做家长　115
与孩子的叛逆期友好相处　118
学会在孩子面前示弱　120
授孩子以鱼不如授孩子以渔　122
好妈妈，慢慢来　124
家长好好学习，孩子天天向上　126
恰如其分地表扬　128
还孩子成长的快乐　131
好孩子是夸出来的　133
我长大反正不买宝马　135
我牵挂的孩子啊，长大啦！　138

第五辑　爱你的每个日子都闪闪发光

宁愿为你，让阳台花开　142
只因了你的暖　144
爱到深处不需言语　146
你在车里，我在车外　149
且接且珍惜　152

03

过树穿花伴着你　154

买书趣事　156

许你一世的不离不弃　158

爱已成过去时，你不必再逃　163

让爱流动起来　168

父母的手绘地图　171

一个芒果里的爱　173

母亲的萝卜条包子　175

母亲的大锅菜　177

跟父母，不商量　180

帮老妈设置报警器　182

做父母的拐杖　184

父亲，听话　186

哭泣的雪花　188

八百里路　191

那一次我泪流满面　195

师爱无边

——记清华大学外文系教授范文芳　198

第一辑　把每一个日子都过成诗

把日子过成诗

　　朋友圈里发来链接，点开来看，让我大开眼界。女主人真是把日子过得很精致：帽子挂在带有半圆环的衣架上，十几个帽子挂成一串，防止压皱；衣柜内面的横杆上挂上了S型挂钩，上面挂满了一条条项链等首饰，方便实用；靴子挂在衣柜里的衣架上，节省空间；杂志、报纸用衣架挂在门上，方便阅读，如此等等。我随即点了一个赞，并附上一句话："这不仅是会过日子，更重要的是有一种阳光快乐、积极向上的生活心态。"

　　不由得想到了同学琼。大学毕业后，琼做了北漂，找了一个外地的男朋友在北京三元桥一带租了房，有了自己的小窝。去年夏天我去北京游玩顺便去看琼。这是一个棚户区里一间简陋的房子，但里面却收拾得干净整洁。一个简易的小木桌上整整齐齐地摆放着光亮透明的瓶瓶罐罐。尤其让我称赞的是琼的小发明创造：她把废弃的酒箱倒立过来，在原有的隔层中放上鞋子，既充分利用了空间，又防尘防潮；废弃的卷纸芯卷上围巾，这样围巾就没有褶子，这些圆柱纸芯还套放了一些皮筋、手链等，顶端还放着小卡子等一些头饰小物件，这样用着方便也好找；喝完的饮料瓶子把上端瓶盖部分剪下来拧住一些塑料袋装的东西，剩下的半截瓶子又作收纳放上了一些杂物，有的还用作花盆种上了葱郁葳蕤的花草；坏掉的胶皮手套剪成一截截的做皮筋用，晒衣服时套在衣架上，防止衣服掉下来，还可以套住一些杂物等……

我被琼会生活的心感动了。琼不以为然地说："我这叫旧物充分利用，既环保又实用。"我赞叹地说："你不仅会过日子，关键是有一颗热爱生活的心。"琼阳光明媚地说："对呀，生活慷慨无私地给予我们阳光雨露，鸟语花香，我们当然应该热爱生活了。"琼说着深吸了一口新鲜空气，做陶醉状。

想到我自己。家里狼藉满地，一片凌乱。我还挺有理由地解围说，谁让我的工作忙呢。是的，我是一名人民教师，每天都起早贪黑，马不停蹄，回家连做饭的工夫都没有，哪还有时间收拾家呢。于是家里的东西到处乱放，屋里尘土层层，也应了破窗理论，越是这样，越不收拾，我整天生活在杂乱的生活环境中，心情也很凌乱郁闷，抱怨自己工作忙，工作累，生活过得一塌糊涂。

不是生活造就人，而是人造就生活。不管你贫穷富有，不管你工作忙闲，只要你认真生活，怀揣美好用心经营，就像米开朗基罗把画画好、贝多芬把曲作好、莎士比亚把诗写好一样，我们应该把每一天的日子都过成诗。

只要心情在，一切不荒芜

　　同事琳是外省考来的特岗教师。她在校外租了一间简陋的房子。十几平米的屋子里要发挥起居、餐厅、厨房的功能，但她却把屋子收拾得干净整洁，东西摆放得整齐有序，瓶瓶罐罐擦洗得光亮透明，水泥地墩得一尘不染，比起我那三室两厅的房子，这个小屋却温馨舒适，让人不舍得离开。

　　我问琳，这么忙，哪来的时间收拾呀？琳阳光快乐地说，不用刻意找时间呀，放学回家的功夫顺便就收拾了，不要把收拾当成一种负担，这是一种放松，是一种享受，在收拾打扫的过程中去享受生活，感悟人生。

　　我的家里却狼藉满地，一片凌乱。担着班主任又上着英语课，整天起早贪黑，马不停蹄，忙到天昏地暗，无暇顾及其他，回到家连做饭的工夫都没有，更别说收拾家了。置身于杂乱的环境中，心情也很芜杂，如同那被遮住了光的叶子，黯然无色。我抱怨工作忙工作累，让我生活得一塌糊涂。

想到微信里的一位好友。我们未曾谋面,是在一个文学群里认识的。她的相册每天更新,不是转载,而是来源于身边的生活,几张照片再配以清新的文字,使人窥见其明媚的心情。

她的卧室里有一个小飘窗,玻璃光亮得能照出人影来。窗台上一方简单古朴的小木桌,上面摆上几盆花草,中间放着一两本书,旁边是一杯热气腾腾的茶或咖啡。木桌的后面是一个圆形的棉垫,周边放着玲珑可爱的毛绒玩具,想必好友闲暇时盘坐于此,阅读品茗,欣赏窗外的风景,望云卷云舒,看花开花落,与生活对话,与心灵物语。生活如此优雅的人,该是有着何等休闲的工作和情怀?我一直很羡慕她的生活状态。有一次读到了她的文章,从个人简介中得知她竟然也是一位教师,也从事着繁忙劳累的工作,也是披星戴月,不得闲暇。我向她取经,如何能在繁重的工作中生活得如此轻松惬意,悠然自得?她舒缓着说,无他,收拾心情而已。

放学回到家,我不再像往常一样把背包一扔便趴在床上起不来,而是换上工作服,带上口罩,全副武装做家务。我耐心地整理着每一件物品,认真地擦洗着桌凳,扫去地上的尘土,再给阳台的花儿浇浇水,松松土,屋子焕然一新,窗明几净,一切都明朗起来。

不要让忙累成为生活的枷锁。闲暇时收拾收拾房间,梳理梳理心情,捡拾生活的美好,采撷浪花的水晶。

只要心情在,一切不荒芜。似水流年中,陪伴着永久的好心情。

盛夏里的小幸福

　　去邮局取件。中伏的最后一天，虽然已立了秋，天气还是闷热的要命。俗语说，上午立秋凉嗖嗖，下午立秋热死牛。老祖宗留下来的经验总结，真没错。今年立秋是下午 16 时 20 分。有人说，你看吧，今年夏天后反劲儿，立了秋之后，还得再热很长一段时间呢！

　　骄阳似火，酷暑难耐，闷热潮湿。从来不爱出汗的我，虽然骑着电动车，偶尔有丝丝微风掠过，可依然觉得身上潮乎乎的，黏糊糊的，一摸，一层水。这时，又渴又热，又头晕又发困，四肢疲惫，头晕脑胀，眼皮发麻，昏昏欲睡。

　　可贸易街上，沿地摆摊的小商小贩们依然不减往日的热情，他们只遮了一把大太阳伞，或坐在小板凳上或席地而坐。有的在眼巴巴地看着过路的行人，期待着他们能停下来买东西；有的正起劲地跟前来买东西的人介绍着；有的则眯起小眼打着盹；有的则漫不经心地晃着手中的扇子或硬纸板或书本之类的东西。他们不热吗？为了挣两块钱，在这样闷热的天气里，任由汗如雨下。只见有男子大把大把地甩着脸上的汗，说着："这天呐，真能热死人。即使坐着不动，也都浑身是汗。"

回来后，在车库里放电动车，忽然看见放了很长时间的一大袋废品。早该卖了，可懒散的自己总是"明日复明日"的一拖再拖，致使这些废品在本来就狭窄的空间里很是碍事。不能再拖了。索性卖了去吧。来到小区附近的垃圾回收站。满院子的瓶瓶罐罐堆成了山。硕大院子的东北角是一个用砖头垒砌的简易低矮的小屋，也就七八平米的样子。从里面走出来一个六十多岁的大爷，接过东西放到称上去称。

　　"你们屋里不热吗？""能不热吗？"大爷满脸汗珠的笑着说。这时，大娘挎着收钱包从小屋里出来了，笑盈盈地问大爷："有零钱吗？""有，给她了。"大爷温和地回答，顺便接过大娘递过来的水杯，幸福地喝着，大娘在一旁疼爱地看着。我的心瞬间被打动了。在我看来，大爷和大娘是一对幸福的老人。虽然他们干着常人不屑一顾的工作，虽然他们只住在简陋低矮的小屋里，虽然他们的工作很脏、很累、很辛苦，但他们相濡以沫，相敬如宾，同甘共苦，相互帮助，嘴角总是洋溢着微笑，脸上总是沐浴着春风。有君相伴，夫复何求？

　　终于到家了。一走进卧室，一阵冰爽扑面而来，沁人肺腑，好舒服，好惬意啊！真是冰火两重天呀！从外面炎热似火的世界一下子进入到凉爽清新的室内，好像是一下子进入了人间佳境。神仙也不过如此吧。怪不得俗语说："六腊月不出门，赛过神仙呀！"何况那时是没有空调的。那我们现在在空调屋里的感觉应该是人世间最极妙的境界了吧。什么是幸福？这就是幸福吧。在闷热潮湿的天气里，能在空调屋里，喝着水，欣赏着美文故事，这就是人世间最大的幸福吧！

　　卧室内宽敞明亮的大飘窗在精致大气高雅的窗帘的陪衬下，使得室内的一切更加的生机盎然，熠熠生辉。透过飘窗，贸易街的热闹景像尽收眼底。行人在匆匆地行走着。出摊儿的生意人依旧在不知疲倦地忙碌着。想着他们的热，他们的汗，他们的累，他们的倦，感受着我的凉爽，我的清新，我的舒适，我的惬意，我不禁从心里打了一个冷颤，我要充分地利用好每一分每一秒的时间，对得起自己的幸福……

冬风舞韵

  在书房看书，忽听得一阵阵巨响，犹如轰轰隆隆的打雷声，又如装修房子的呜呜打钻声。侧耳倾听，疑是对门洗衣机发出的声响。开门正想去问情况，只听得下面楼道里传来了呼啸的狂风声。好大的风！我赶紧回屋，穿了件羽绒服，蹬上靴子直奔楼下，想感受一下大风的威力。

  刚一出楼道口，风吹得人睁不开眼。赶紧捂紧帽子，风吹得人喘不过气来。零星散落在地上的碎纸片食品袋等小物件和薄薄的铺在地上的一层白雪在空中飞舞游荡着，好像要比赛看谁的舞姿优美。人如果要在大风中多站一会儿，恐怕也要加入到她们比舞的行列。我赶紧躲进楼道口内，裹紧了羽绒服，感受着冬天的寒风刺骨。说句实在话，这几年冬天，还没觉得有这么冷过，也可能冷劲儿过去就忘了。"寒风刺骨，风吹在脸上像刀割一样"形容的应该就是现在的场景了吧。

  回到温暖如春的室内，脱掉羽绒服，换上拖鞋，透过六楼的窗户向外看去。小区旁边门市房顶上的白雪，一层层地被北风吹起。风所到之处，厚厚的积雪犹如沙漠上掀起的一片沙粒，随风舞动；被风吹薄的积雪处，犹如农户人家升起的袅袅炊烟，把一片片的红瓦房顶弥漫得白里透红，如略施粉黛的少女，害羞矫情。居民楼室外挂的空调室外机里的叶轮，也在不停地转动着。街上门市前的招牌超常地发挥着自己的功能，可着劲儿地"叮铃咣当"地作响，门市上方悬挂的红旗和条幅，更是凑着热闹，完全不顾冬天的寒冷，扭动着轻盈的舞步，神采多姿地飞扬着，向嚎嗨吼叫的狂风展示着婀娜的身姿。街边干枯的树枝在使劲晃动着，生怕没有了绿叶的映衬，被人遗忘了似的。

街上俨然失去了往日的繁华和热闹。沿街叫卖的小商小贩们已经销声匿迹。街中间，稀稀落落地停着些车辆。街两边行驶的车辆在冰冻过的地面上如蜗牛一样，慢慢地爬行着。偶尔过来三三两两的行人，都捂紧了衣服，弯着腰，缩着手，铆足了劲儿，小心翼翼地往前走。

看着外面的清冷，听着呼呼的风声，我不由得不寒而栗。

想起以《小景》为题的诗"浓云压岭雨初至，密叶障林风更多。只有渔翁能了事，一枚圆笠半肩蓑。""川光涵远空，山色淡平野。危楼夕霭间，高树凉云下。久客厌尘纷，羡杀舟游者。"冬日风中小景也为大地增添了一抹亮色。

尽管风这么大，天这么冷，在飘了两天的雪之后，太阳还是早早地出来了。她高高地站在东南角，姿态优雅地把橘黄色的阳光悄无声息地撒在大地上，给人们带来了清爽和明意，让人们感觉到即使在这样寒风冰雪的天气里，心情也可以很明朗。

突然想起"吹面不寒杨柳风"的诗句。现在的情景可以说是形成鲜明的对比。但是没有冬天的寒冷，哪来春天的柔媚。

冬天来了，春天就在眼前。

心向太阳，沐浴阳光

一

去超市买东西时，经常会遇到一个女服务员。她四十多岁的样子，穿着一身工装，笔直地站在超市的后门口，满脸微笑地看着进进出出的顾客。同事都叫她李姐。

一次我在后门口旁边的副食区买鸡蛋，当时我手里抱着一个大西瓜，无法接住已经称好的一大袋鸡蛋。负责卖鸡蛋的销售员脸上阴云密布，没有好气地说："快点接住呀，人家后面还等着称鸡蛋呢！"就在我一手抱住西瓜，一手接住鸡蛋时，李姐马上跑了过来，不由分说地帮我接过了鸡蛋，然后又走了好远把我送到前门的结账前台。当我十分感谢地从李姐手中接过鸡蛋的时候，无意中碰到了她的左臂膀，空空的，只是一截空荡的、软软的袖管。

我一惊，她却报以阳光的一笑，转身离开了。霎时，我的内心澎湃，喉咙满满，一股热流涌过胸膛。

二

有了这次交集，再去超市，我特意去后门口感谢李姐。可她却谦虚和蔼地说："一点小忙，不算什么的。"

李姐总是那么阳光快乐，脸上始终洋溢着明朗的微笑。她的任务是看好后门口，不让拿了商品未在前台结账的人从这儿出去。可她很乐意帮助人。每每看到有拿不下东西的人，她都会上前去帮忙，用她那一只仅有的右臂膀抱住东西。每当有人询问她物品在哪里，她都会热情地领着别人前去放置物品的地点。甚至有人问她厕所在哪里，她也不厌其烦地把人送到厕所门口。其实这些都不属于她的职责范围，可她还是默默无闻地做着这一切。

给顾客们称东西是件枯燥繁琐的工作，超市里的顾客络绎不绝，需要称东西的人排着队。负责过称的销售员们都烦躁不堪，叫苦连天，她们的脸色不好看，对顾客们也没有好气。常听她们相互抱怨着说："哎呦，累死了。忙得手脚不停，都没有喘气的时候儿。"这时李姐就会走到各个摊点帮忙，她在几个摊点之间马不停蹄地忙碌着，满面微笑，仿佛是在享受一份非常愉快的工作。

三

每次去超市，都会碰到李姐。一来二去的，我们就成了很要好的熟人。渐渐地，我也知道了些许李姐的故事。

李姐是附近的村民。八年前在一次浇地时，她推上了抽水的电闸，可是电闸年久失修，有地方漏了电。李姐的左胳膊触电被截肢。她当时也悲痛过，绝望过，彷徨过。"少了一只胳膊，还能干什么？我当时已经失去了生活的勇气。可是有一天，我看到有一只鸟从空中掉了下来，它的一只翅膀受伤了。但它在地上拼命地试图往上飞，它试了很多次，挣扎了很多次，终于，它又飞了起来。那一刹那，我哭了。连鸟儿折翅都能飞翔，我一个大活人少一只胳膊又算什么？我也能行的！"李姐满含眼泪地动情地回忆着。从那以后，李姐重新步入了正常的生活。她干过销售，收过废品，摆过小摊儿，她用坚强的毅力和对生活美好的信念努力工作着。

"孩子在这儿附近上学。我就找了这个超市的工作，这样下班时间也能管管孩子。"李姐快乐地说。

年终，超市评选优秀员工时，李姐胸前戴上了"最佳人气员工"的奖章。

"人就得勤奋工作，积极向上，认真踏实地做好自己能做的每一件事儿。不管刮风下雨，我的心里一直有太阳。一心向着太阳，那么生活就会处处有阳光。"李姐语重心长地说。

即使没有翅膀，心也要飞翔。只要心里有太阳，生活处处是阳光。

荒芜也能开出花来

　　喧闹的贸易街上,他骑着电动三轮车,满面春风,随身带的小喇叭里不断地放着提前录好的声音:"馒头、糖包、湿面条……"不时有人过来买东西,他快乐友善地给顾客装好,亲切热情地递给顾客。

　　我的心愕然一惊,我不会看错了吧,他竟然是个卖馒头的?当我定睛细看确认是他后,内心久久不能平静,眼前又浮现出那灵动的身姿和优美的舞步……

　　那是在晚饭后,我和邻居去广场散步。广场上游玩的人熙熙攘攘,热闹非凡。突然看到一个角落里围观着一群人,我们便走了过去。原来是在跳交谊舞,其中就有他。灵活的身体,曼妙的舞姿和舒缓的音乐融合在一起,是那样的令人沉醉,令人神往。他是现场跳得最好的人,挨着他的人群,掌声也最热烈。只见他满面春风,潇洒灵活地舞动着,旋转着,适当的时候也很绅士地带着舞伴转几个圈,动作是那样的温柔,轻盈,灵动,有韵致。想象着这应该是怎样的一位男子,肯定有令人羡慕的工作,有美丽贤淑的妻子……

可现在才得知他是卖馒头的，于是我便一路打听寻问来到了他的馒头作坊。这是一间矮小破旧的简陋砖房，但是里面却收拾得干净整洁，屋里摆设井然有序。靠墙一台压面机，中间是一方揉面的大案板，角落处放着十几袋面粉。他带着口罩，围着围裙，忙碌地工作着。能看得出他走动的步伐依然是那样轻盈、灵动。我买了馒头正要走，迎面碰到一个坐轮椅的女人，相貌平平，但却干净整洁。他竟摘下口罩温柔地对她说："就在门口晒太阳吧，别往远处去了。"女人报以幸福的一笑说："我没走远，刚才就在旁边。"他忙送来一杯水，看着女人开心地喝完，疼爱地抚摸着女人的肩膀。我再一次震惊了。这竟然是他的妻子。

周边的街坊邻居说："这孩子命苦呀。从小就没了爹娘，吃百家饭长大的，饥一顿饱一顿，落了一身毛病。好不容易娶个媳妇吧，又出了车祸，坐在轮椅上不能动，全凭他伺候。他一个人支撑着这个家，真的很不容易呀！"

后来在买馒头的间隙，我就与他聊了起来。我问道，你不觉得累吗？他很坦然地说："累不累全凭感觉，就好像有人问你时间长不长一样，不同的人有不同的感觉，对于等待者，时间太慢；对于悲伤者，时间太长；对于欢乐者，时间太短；对于相爱的人，时间永恒。我就属于后两者。生活赋予我们美好的一切，我们去快乐地享受，哪还能感觉到累呢？"

突然记起曾看到过这样一句话："当你以为你的心已经荒芜，它却会出其不意开出花来。那一刻，所有的荒芜都成了往事。"

只要心中充满阳光，荒芜也能开出花来。

快乐的源泉

　　我们单位负责做饭的是一位年近六十岁的阿姨，她是从一家大型企业职工食堂退休的员工，我们大家都称她李姐。李姐很勤奋，每天早早地来到单位，首先收拾前一天晚上职工们的餐桌，然后做上锅烧水做饭。在做饭的同时，还要把一楼的卫生打扫一遍，包括擦桌子、扫地、墩地等。收拾停当，李姐还要把午餐用到的青菜择好、洗好。

　　有一次我晚上在单位值班，第二天一大早李姐就来了，她挽起袖子马上忙碌起来。李姐收拾好昨晚的餐桌，然后到厨房烧上饭，便开始打扫卫生。看李姐忙得手脚不停，我便上前帮助李姐，可李姐执意不让。她笑着说："这不算什么的，我都习惯了。每天都是五点就起来了，简单洗漱下就往这边走，六点之前就到单位了。如果要是做麻烦一些的饭，比如蒸包子呀、炸鸡腿呀等，我就会早到半个小时，因为需要提前把面揉好。"

　　李姐想着法子地给我们改善伙食。一般每顿饭都有两荤两素，有饭有汤。中午的时候还变着花样地做些水煮鱼、炸鸡腿、咖喱饭、酸辣粉等等，而且基本上一做都是两样，因为单位的几个来自南方的同事喜欢吃辣椒，而北方的几个同事则不喜欢吃辣椒。所以，李姐每次都是做两份，一份辣的，一份不辣的，以满足大家不同的需要。李姐本人是不吃辣椒的，可她为了让南方的那几个同事吃着上口，特意做了油炸辣椒酱，把菜做得有滋有味。

中午吃饭的人一般有二十几个人，多时达到三十几个人，都是李姐一个人在忙活，可是李姐依然把菜做得色香味俱全，很受大家的欢迎。有时蒸包子，李姐要调好几种馅，而且每种馅又要调为两样，素馅和肉馅，以满足大家之需。李姐的工作量如此之大，可李姐却阳光快乐，从来没有抱怨过。

我很佩服李姐。在食堂盛饭时，我问李姐："您一个人要做这么多饭，还变着花样地做，而且还要做很多口味，您不累吗？"可李姐却快乐坦然地说："这没有什么的。我把做饭当成一种享受。当你享受于你的工作，你就不觉得累了。"

李姐的话给了我很大的触动。做事情累不累源自于我们的心态，你开心快乐地去做，把工作当成一种享受，那你就会轻松自如；反之，你愁眉苦脸，心有抱怨，那你做事就会事倍功半，而且还会觉得非常累。

快乐的源泉在于你是否会享受生活，享受工作。不管做什么事情，都要当成一种享受，你用心地享受着，工作不仅不累，而且还会给你带来快乐。

不计较，不纠结

工作之余，同事李姐懊恼地说：我从商场买了一件大衣，结果跟我们邻居的一模一样，但是我的大衣却比她的贵，一问她是从网上搞活动时买的，于是我就跑到商场把衣服退了。商场很远，我坐车去那里来回花费了一大晌的时间。然后又从网上买，结果人家网上活动时间已过又恢复原价了。我是竹篮打水一场空，赔了夫人又折兵呀。唉，真是的，我要是不计较那几块钱，现在衣服不正穿得好好的嘛！

我愕然，生活中我们不是常常这样吗？什么事情都愿意和别人比较，结果是，一比较就计较，一计较就纠结。

想起上次和好友丽去商场购物。当时我遇见了一件合适的衣服正要去买，可被丽一把拉住，她颇有经验地小声说：别急着买，要货比三家的，再转转看看，若真没有合适的，再回来买也不迟。我被丽拉着一家又一家地逛。相同款型的衣服倒是不少，但是价钱却不尽一样。于是丽就耐心地比较起每种衣服的材料、质地、牌子、出产地等。我被搞得头晕脑胀。待详细地比较了一番，我们还是觉得最初看的那件衣服好。就这样，转了一大晌，兜了一大圈，画了一个大圆，最后又回到了原点。我真佩服丽的耐心和精力。丽说我不会过日子，说买东西就是要比要看的。是的，我从来没有这么仔细过，我买东西都是走马观花，浅尝辄止，遇到了即买，不会挑挑拣拣，更不会货比三家，当然也吃过不少亏上过不少当。但是我也从中节省了很多时间，与时间相比，我认为不计较不纠结是值得的。

我们凡事都愿意比较下，结果好了还好，若是不满意了不顺心了，就计较就纠结。可在比较纠结的同时，我们却失去了最宝贵的东西，那就是我们的时间和精力。记得看过一篇文章，其中说道：生命中大段的光阴多是在计较中白白付诸东流。赏花何惧有枯枝，满眼繁华皆快意。我们生活在一个快节奏的社会里，不容许我们对生活里的每个细节精挑细拣，精雕细琢。生活是一幅速写，幸福的轮廓多是几笔之间勾勒而成。

又想到我手机里的一些照片。每次拍了照片都舍不得删，直到照片存储太满，手机已经不能拍照了，这才不得不删除一些照片。可看看这张挺好，那张也不错，看来看去纠结地不行，不知要删哪一张。老公过来一看，咔嚓几下，三下五除二就把照片删了一大堆，他说好多照片都是重复的，原来的照片都还有。我一看，果真那些熟悉的照片又出现在眼前。是的，我拍了很多重复的照片，自己却还很纠结舍不得删，以至于影响了手机的功效也影响了自己的心情。

记得一位文友说过，我们没有必要活得太认真，我们大可不必对每件事尤其是琐事斤斤计较，我们千万不要把生活嚼得很碎。生活是一根冰棍儿，嚼碎了，你会发现空有余凉，索然无趣。

不计较，不纠结。

坦然去生活，快快乐乐过好每一天。

春风拂，丝巾飘

　　吹面不寒杨柳风，像母亲的手抚摸着你，柔柔的，暖暖的，走在上班的路上，擦肩而过的美女们，丝巾飘逸，翩翩起舞，粉的、白的、绿的、黄的，各种花色的丝巾汇聚在一起，犹如摇曳多姿的水袖，如水流一样颤动着泛起涟漪，绘成了春风里一道亮丽的风景线。

　　俏也不争春，只把春来报。丝巾的飘拂，给我们带来了浓浓的春天气息。爱美的女士们都争先恐后地系上了丝巾。丝巾的装扮使得她们更加灵性韵致，曼妙多姿。丝巾的系法也千姿百态，有的只简单地围两圈，有的随意往肩膀上一搭，有的则在胸前挽一下，风格迥异，各有千秋。春风里，飘逸的丝巾拂到脸上、头上，轻轻的、柔柔的、爽爽的，如少女多情的眼眸凝望着你，让人倍感温馨惬意。有的甚至把丝巾裹在头上，以遮挡路上的风尘，如此便让人想起"犹抱琵琶半遮面"的羞涩少女，也让人想起那些经典感人的影片故事。

　　丝巾的搭配，是一份精致而灵动的点缀，就那么随意地或搭或挽，就显出一个女人味十足的绰约风姿。丝巾的飘逸之美，让人不由得想到身着纱衣的古装美女。"一身白色的拖地长裙，宽大的衣摆上绣着粉色的花纹，臂上挽迤着丈许来长的烟罗紫轻绡。芊芊细腰，用一条紫色镶着翡翠织锦腰带系上。""露浓花瘦，薄汗轻衣透。""折纤腰以微步，呈皓腕于轻纱。眸含春水清波流盼，寐含春水脸如凝脂，白色茉莉烟罗软纱，透迤白色拖地烟笼梅花百水裙。""大朵牡丹翠绿烟纱碧霞罗，透迤地粉色水仙散花绿叶裙，身披金丝薄烟翠绿纱。头上无任何装饰，仅仅是一条淡蓝的丝带，轻轻绑住一缕头发。""淡粉色华衣裹身，外披白色纱衣，裙幅褶褶如雪月光华流动轻泻于地，挽迤三尺有余，使得步态愈加雍容柔美，整个人好似随风纷飞的蝴蝶，又似清灵透彻的冰雪。"如此美女，丝纱赐也。

　　春风里的丝巾给我们增添了一份温柔，一份灵动，一份气韵，一份娇美。

　　春风拂，丝巾飘。

横看成岭侧成峰

周末，我们一家去游玩。玩到累处，我们便在公园的木椅上坐了下来。周围到处是高楼大厦，鳞次栉比。儿子望着远处的一幢高楼说，为什么那幢高楼还没有我们旁边的这座五层楼高？老公笑着说："这是因为我们看的角度不同。如果站到高楼的角度再去看，那么又会是另外一个样子。"

我愕然。是的，一个东西是什么样子，不是绝对的，而是取决于我们看的角度。记着儿子课本上有一篇课文是《画杨桃》。作者在他的位置上把杨桃画成了五角星，引来了大家的嬉笑。老师说，看的角度不同，杨桃的样子也就不一样。

不识庐山真面目，只缘身在此山中。我们又何尝不是如此。我经常抱怨自己的工作太累，整天起早贪黑，忙忙碌碌，没有停歇的时候。可同事刘赟却阳光快乐，很满足当前的工作状态。当我愁眉苦脸地问她为何能在如此重负的工作中还能开心快乐时，她爽朗地笑着说："你想呀，我们有一份体面的工作，忙是忙了点，但是不用风刮日晒吧；我们虽然起早贪黑，但我们能与星星月亮做伴，多美呀！生为人就是要干事的。生命在于运动。当我们忙得手脚不停的时候，说明我们的生命正在运动呀，说明我们的生命奔腾不息嘛！"听了同事的解答，我豁然开朗，不再抱怨了，虽然干的还是那份工作，竟也满面春风，幸福满怀。

我们楼下的小丽生活非常辛苦，丈夫在外地工作，她一个人带着孩子，又得上班，又得管孩子，又得照顾家，生活和工作的重担全都压在她一个的肩上，她整天飞跑着上楼下楼，简直跟超人一般。楼上楼下的邻居都知道她生活得不容易，可小丽却一点也不悲观抱怨。她开心地说："凡事看你怎么去想。我不觉得我有多苦。我很快乐，我有一个健康聪明活泼的儿子，有一份可以让我吃饭的工作，还有一个温馨的小窝。虽然丈夫不在我的身边，但他去外面辛苦打拼是为了让我和孩子能过上更好的生活。他对我很体贴照顾，每天都会打电话。"说着小丽的脸上飞起朵朵红晕。跟小丽比起来，我有老公在身边陪着，有公公婆婆照看孩子，可我还整天抱怨工作忙，生活累。听了小丽的话，我突然觉得生活是那么的美好，好好珍惜眼前的幸福吧。

诚然，生活中的我们可能有这样或那样的烦恼忧虑，但事物是三百六十度的，横看成岭侧成峰，换个角度去看问题，则会拨开云雾见天日，柳暗花明又一村。

腊八粥里的爱

最早对腊八粥有特殊的概念还是源于小学语文课上学的冰心先生的那篇文章《腊八粥》，才知道了腊八粥里还有那么丰富的含义，饱含着浓厚的纪念和深情的怀念，虽然之前到腊八这一天母亲也给我们煮粥喝，但因为那时生活条件不太好，我们的腊八粥其实并算不上真正意义上的八宝粥，没有冰心先生所说的糯米、红糖和十八种干果，充其量也就是大米、小米还有几种常见的豆子加在一起，再放些白糖或红糖，甚至连八样都凑不够，就成了我们一年当中只能喝到一次的八宝粥，可这也足已解了我们的馋，让我们对腊月初八这个日子充满了期待。

朴实勤劳的农民母亲，大字不识一个，她不会给我们讲腊八粥的含义，但她用朴实的行动告诉了我们这是一个很值得庆祝和纪念的日子。腊月初八的前两天母亲就会把腊八粥的食材准备好，东拼一点，西凑一点，把厨房里的枣儿豆儿之类的东西全部都收拾干净，把一年里的五谷丰登都展示出来，虽然并不算丰盛，但对于我们来说也是一顿难得的大餐。到腊月初八的前一天晚上，母亲便把这些腊八粥的食材用水泡起来，腊月初八一大早母亲便起来给我们熬上一大锅腊八粥，等我们起床时，香喷喷的腊八粥已经出锅了，喝上一碗热气腾腾香甜可口的腊八粥，暖在心里，甜在心上。

如今生活条件好了，腊八粥已经不再是一年里只能在腊月初八这一天才能吃到的盛典，现在的超市里各式各样的八宝粥应有尽有，我们可以随时喝上八宝粥，甚至比我们小时候喝的腊八粥还要丰盛。于是，腊八粥在我们的期盼中也逐渐地淡化。到了后来工作很忙，整天埋头于繁杂的工作当中无暇顾它，都不知今日是何日，更别说农历的日子了，腊月初八也在我们的晕头转向中悄然溜走。没有了记忆，没有了形式，也就没有了节日的概念和意义。

突然有一年在腊八粥的前几天，上幼儿园的儿子问我，妈妈，什么是腊八粥？为什么要喝腊八粥，我们班的同学说腊八要到了，他们要喝腊八粥。我猛然惊醒，才发现自己一直忽略了孩子。生活需要仪式感，节日也需要仪式感，在自己匆忙行走的脚步中，疏忽淡忘了节日的存在和意义。而节日是需要纪念的，是需要传承的，是需要庆祝的，我们的任何匆忙都不是理由。

于是，我蹲下来把儿子搂在怀里，给他讲了腊八粥的故事，给他讲了冰心先生的腊八粥，给他讲了妈妈小时候姥姥给妈妈做的腊八粥，同时我也向孩子道歉说，因为妈妈的疏忽，把这个节日给淡忘了，妈妈今年就要给他过一个丰盛的腊八粥节日。儿子高兴得拍手叫好。

从那以后，不管再忙再累，每到腊月初八的前一天晚上，我都会像母亲当年那样精心地提前准备好腊八粥的各种食材，虽然我买的是现成的八宝粥米，不用像母亲当年那样东拼西凑地收拾橱柜，也不用像母亲当年那样起一大早去熬粥，我只需要把八宝粥放到高压锅里定上时，第二天一醒来就可以喝上香甜可口的腊八粥了。喝着腊八粥，感受着美好的幸福生活，感受着节日浓浓的甜蜜。

今年腊八节快要到了，我和儿子去超市，儿子主动要买八宝粥米，我和儿子双手一搭，默契地相对一笑，异口同声说着："腊八粥。"然后哈哈大笑，笑声传递给了身边的每一个人，大家也都乐开了花。

爱需要传承，节日需要传承，每一个节日都值得铭记。让我们的爱在节日的传承里绵延下去。

蒸月饼

又是一年中秋时。中秋节即将到来，月饼也便成了中秋节日美食中必不可少的特色食品隆重登场，浓郁繁华地装点着节日的气氛。超市里商场中甚至街道边，各色各样的月饼琳琅满目，品种繁多，再加上精美绝伦的包装，很是引人注目，汇成了中秋佳节一道亮丽的风景线。

然而在这些各种味道都有的月饼中，我还是觉得母亲的手蒸月饼最好吃。那是能够冲开我的味蕾记忆的最好的月饼。一到中秋，我的眼前就浮现出母亲那手蒸的月饼。

小时候家里穷，买月饼是一件奢侈的事情。母亲为了能让我们姊妹几个吃上月饼，便在中秋节的前一天为我们蒸月饼。只见母亲把提前发酵好的白面揉成团拿到案板上，然后再反复地揉面，直到白面光滑圆润，白白胖胖，然后母亲再把白面用布盖上等一会儿，母亲说这叫醒面，这样，蒸出来的月饼会柔软香甜。醒完面后，母亲就把面切成一个一个的小圆球，然后用擀面杖擀成大圆饼，里面再包上提前调制好的豆沙馅、红枣馅等，包好之后，再拍成圆饼，然后放到一个圆形的月饼模子里一按，一个带有精美图形的圆月饼就成形了。但是因为我们只有一个月饼模子，不同类型的馅没法区分，于是母亲就拿着刀在每个成形的月饼上再刻上不同类型的花边以做区分，我们姊妹几个拍着手叫好，欢喜地分着谁要哪几个。

母亲把灶台收拾好后，把月饼摆上锅，然后吩咐我们几个赶紧去烧火，我们几个便争先恐后地往灶台赶，有的点火，有的抱柴火，忙得不亦乐乎。不一会儿，灶台的锅里已是蒸气四起，满屋氤氲。月饼的香甜气味飘荡开来，浸润着我们的心田。月饼出锅后，看着图形精美可爱又白又胖的月饼我们早已经垂涎欲滴，都在找着自己提前分好的月饼，迫不及待地送到嘴边，一边吹那冒着的热气，一边咬着那香甜的月饼，母亲嗔怪着我们说，别那么紧嘴锅，小心烫着嘴了！我们哈哈大笑起来，笑声传遍了家里的每一个角落。

记忆中，中秋节一般会赶到秋收的时候。还记着那年我上初中，在外地上学。中秋节放假回家，家里没人，邻居王婶说父母都在地里收玉米。我便把行李放到家，赶紧去地里帮忙收玉米。一直到暮色四合，我们才从地里回来。母亲说，明天就是八月十五了，今天我们要蒸月饼。于是我就帮着母亲揉面蒸月饼。月饼包好了，母亲说这次我们来点特别的，只见她出去了一会儿，然后手捧着一撮我叫不上来名字的小草，类似于蓖麻那样的，我们家后面的荒地上到处都是。母亲把那个草上的类似于蓖麻头的东西直接按在月饼上，一个漂亮的图形就出来了，每个月饼按上不同的排列组合，以便区分不同类型的馅。月饼出锅后，我们吃着香喷喷的月饼，一切劳累便消失殆尽。

如今，条件好了，各式各样的月饼都可以买得到。但母亲那手蒸的月饼一直是我记忆中抹不掉的香甜和温暖。

冬日里的那抹暖意

　　从北京回到河北老家一直没有好天气。几天来一直是烟雾弥漫，好像要与北京的雾霾比赛似的。不过还好，听说北京已发起雾霾红色预警，毕竟老家还没有达到这样的级别。也应了那句谚语："久阴大雾必晴"，今天久违的太阳终于露出了温和的笑脸，高高地挂在天空，像一位优雅的女士，端庄得体地俯视着大地，慷慨地送去温暖和明朗。

　　飘窗里射进两三方斜斜的太阳，阳光丝丝缕缕，如跳跃的火焰在卧室里欢歌载舞。我也来了兴致。这么好的阳光，决不能让她跑了。我赶紧捧起一本书，趴到床上，沐浴着暖暖的阳光，潜心读了起来。这么好的阳光，我唯有读书去享受，别的什么都不敢去做，生怕一不留神，她就从我身边逃走了。可是正如朱自清所说的，太阳它有脚呀，轻轻悄悄地挪移了。不知不觉中，太阳已从卧室穿越到了客厅。我又赶紧跑到客厅，在客厅的西飘窗接受阳光的恩赐。我坐在飘窗下的沙发上，迎接着阳光的温暖，捧着洒在书上的阳光，读着被阳光浸润过的文字，心也随之温润起来。

喜欢阳光，宁愿追着阳光跑。还记着学生时代在农家小院里，冬日的暖阳下，搬一把小凳子坐在房檐底下，陪着母亲做活儿。母亲总是在不停地忙碌，不是晾晒东西，就是缝补衣服，她的那双手没有闲过。我间或地听母亲的指令做些简单的搭手活。暖暖的阳光下，我快乐地看着母亲穿针走线，听着母亲说着家长里短的事情，那种感觉美妙极了。太阳在移动，我们也在移动，母亲间隔一会儿就提醒我：妮儿，跟着太阳走，把凳子搬到太阳暖儿下。就像舞台上方的大镁光灯时刻照耀着台上的演员，我们也时刻在太阳的影子底下晒暖。

阳光是有味道的，散发着一种清新的，纯朴的泥土气息，又挟裹着一种芬芳浓郁的甘甜味道，芳香四溢，飘到各个角落，浸润每一方生灵，暖暖的，柔柔的，像母亲的手抚摸着你，让人觉得心里踏实，温暖。

冬日的暖阳总是那么弥足珍贵，总是那么惹人爱怜。曾看到一个文友微信圈里发的照片：暖阳下，飘窗上。一个简单而优雅的木质小方桌，上面摆着毛绒小熊，茶杯和一本书。小桌右方是一个可以让人盘坐的毛绒坐垫，旁边是一些可爱的毛绒玩具，洋溢着青春活泼的生机。靠右窗棱是一个舒服的大靠背。小小的飘窗却成了文友温馨快乐的心灵家园，可想见文友在温暖的阳光下倚窗阅读是何等地舒畅和惬意！

我的卧室也有一个飘窗，面积比我文友的还要大，如果能利用起来则不失为一个乐园。可是东风不给力，小区供暖不行，我家又是顶层，室温只能达到十三四度，飘窗的台子上都是湿的，尤其是台子与玻璃的交接处，晶莹剔透，水珠四溢，玻璃上则是水雾弥漫。哪能在上面读书学习呢？把书本放到那儿都得打水漂。我也只能摆几盆花草了。

因为卧室小，没有摆放书桌。天气预报说明天还是艳阳天。想着阳光明媚，天气晴好，我总不能老趴在床上看书吧。不舍得耽误明天暖阳的宝贵时间，我特意利用太阳下山后的时间完成了一次书房大搬家。

我把床推到北墙，这样床与飘窗之间就有了更多的空间。我到北面卧室把书桌推了过来，放到靠近飘窗的地方。一切刚刚好呢，坐在床上，趴在书桌上，翻开一本书，再沐浴着阳光……

我简直是醉了。

只要心里有暖阳，生活处处是阳光。

第二辑　享受沿途的风景

大美中国欢迎你

或许你曾走过无数风景名胜，游览过无数山山水水，你的足迹或许曾遍布世界各地，你饱览过雄伟山河，气势磅礴，波澜壮阔；也曾留恋过绿杨白堤，花红柳绿，风光旖旎。但是你的脚步是否曾经到达过这里——屹立东方的璀璨明珠，那就是我们的——大美中国！无论你去过多少地方，都不要忘了来我们大美中国转一转，这里有让你倾心留恋的环境和生活！

不必说有着国际前沿的与世界接轨的大都市，尖端引领，时尚前卫，富丽堂皇，美轮美奂；也不必说正在腾飞发展的中小城市，生龙活虎，斗志昂扬，生机盎然，蓬勃向上；单单是那偏居一隅的小乡村就足以让我们沉醉不知归路，溪上青草，小桥流水，荷叶飐风，菱叶萦波。多情的你可不要暗送秋波哟！

等不及了吧！跟我走吧，现在就出发。一路欢歌笑语，山一程，水一程，山重水复，柳暗花明。你绝对想不到在海拔五百米高的半山腰上还有一个美丽神奇的古村落。明清时期的徽派建筑，白墙黛瓦，飞檐翘角，鳞次栉比，错落有致，各具特色。踩着纵横交错的青石板小路，倘徉其中，与山水交融在一起，仿佛回到了五百年前世外桃源般的田园生活。天街古巷两旁，徽式商铺林立，人流穿梭，络绎不绝，又如置身于"清明上河图"的繁华热闹之中，感受着世纪的时空穿越。是的，这就是我们的梦里老家江西婺源。"日出江花红胜火，春来江水绿如蓝。能不忆江南？"当然，我们中国还有好多美丽乡村呢，先抛开那些著名的名村古镇不说，就单单是最普通的乡村农家也是值得我们去看一看的。

美丽乡村不仅在于她的美，关键是在于她的气韵。美丽乡村是全面发展的，绿色发展的，是有特色有味道有品味的，是有生机有活力有持久的生命力的。我们大美中国正在大力建设美丽新农村。走进村子你会看到村民们丰富多彩的文化生活。除了丰厚的历史文化传承，村民的精神文化发展更是赋予了乡村浓郁的文化特色。新文化与传统文化相互辉映，相得益彰，让你不仅陶醉于乡村的美景，更为村民的诚挚善良、热情朴实所打动。乡村美，乡风美，乡情美，人更美！

走过美丽乡村，再来到城市歇歇脚。当你累得走不动，又不愿意挤地铁公交时，你的眼前会突然一亮，真是天助我也，路边那一辆辆共享单车不就是专门为我们服务的吗？"马作的卢飞快，弓如霹雳弦惊"，骑上单车游行于繁华街头，如鱼儿得水，鸟儿高飞，真是潇洒骑一回呀！共享单车是共享经济的一种新形态，绿色循环低碳环保。"绿水青山就是金山银山"，共享单车成为便捷经济时尚的出行方式，让我们更加亲近大自然。

绿色生活，方便你我！目前摩拜单车"聚粉"无数，它让我们体会到了智能的方便快捷。我们只要通过手机就能完成找车、预约单车、扫码骑行等整个共享单车服务。在这儿我们就不得不说到移动支付啦。"闲云潭影日悠悠，物换星移几度秋。"聪明的你应该明白，现在是网络天下，只要有网在，一切都不怕。我们大美中国的移动支付也是遍及各个角落，无处不在。去商场购物，去餐厅吃饭，一切花销，扫码支付就可以，这已经成为一种时尚，甚至在街边卖菜的老大爷都会让你扫码付款。以前是一卡在手，什么都有，现在是一网在手，随便游购。来到中国，一切都有！

好了，时间有限，恕我不能够把我们大美中国的关键词都展示给你，但仅仅从这里，聪明的你也应该已经心动了吧！"溪花与禅意，相对亦忘言。"来吧，来到我们大美中国，用你那善良智慧的心去尽情地体验吧！

美哉，中国！壮哉，中国！

大美中国欢迎你！

少年中国强

  物换星移，几度春秋。时间的钟声在不知不觉间叩开了 2035 年的大门，我们伟大的祖国一派富足，一派祥和，一派繁荣，一派安康。到处都是生机勃勃，蒸蒸日上。十八岁的你们更是意气风发，斗志昂扬。红日初升，其道大光。河出伏流，一泻汪洋。潜龙腾渊，鳞爪飞扬。乳虎啸谷，百兽震惶。鹰隼试翼，风尘翕张。奇花初胎，矞矞皇皇。干将发硎，有作其芒。江山代有人才出，一代更比一代强。你们个个龙腾虎跃，摩拳擦掌，跃跃欲试，争创辉煌。在为你们骄傲自豪的同时，我们也在为自己加油鼓劲，呐喊助威。年龄比你们大十八岁的我们要与你们一道，携手并进，戮力同心，撸起袖子加油干，再创我们新时代的灿烂辉煌。

  十八年前的我们也正如现在的你们一样，英姿勃发，神采飞扬。我们这一代人是新时代的宠儿，在 2000 年人类迈进新千年之际，我们作为龙的传人，加入了中国千万"世纪宝宝"的队伍，开始了我们的生命征程。新的世纪，新的时代，赋予了我们远大的梦想，我们积蓄着充沛的能量，时刻准备扬帆起航。我们自豪，我们和中国的新时代一起追梦、圆梦；我们骄傲，我们与新世纪的中国一路同行、成长。

　　回首来时路，苍茫云海间。2008年，注定是历史上难忘的一年。这一年悲喜交加。悲的是发生了汶川大地震，喜的是我们成功举办了奥运会。五月十二日，汶川大地震，这突如其来的灾难给我们带来了极大的伤害和痛苦，泪水浸湿我们无数人的心间。然而我们化悲痛为力量，一方有难，八方支援，全国人民团结一心，众志成城，手拉手，肩并肩，共同抵御灾难，天灾虽然难测，但是温情却时刻相依相伴，大难面前我们用真情谱写了一曲感人至深的人间大爱的赞歌。大难面前再次见证了我们中国人的坚强、毅力、无私、勇敢和奉献。大难之后我们迎来了举世瞩目的奥运会。赛场上运动健儿们奋力拼搏，勇猛夺冠，拿下了一块又一块金牌，赢得了一份又一份荣光。当我们中国的五星红旗在奥运会上冉冉升起时，我们每一个中国人都满含热泪，热血沸腾，心潮澎湃！

　　我们是新时代的宠儿，我们见证了我们伟大的祖国日新月异的发展过程，2013年，"天宫一号"首次太空授课，让我们领略了神奇的太空魅力，激起了我们探索太空奥秘的动力，拉近了我们与科学之间的距离，让我们懂得立志做科学家不再是一件很遥远的事情，只要用心去做，一切皆有可能。也就是在这一年，公路"村村通"接近完成，"精准扶贫"开始推动。一项又一项重大的惠民政策提高了我们的生活水平，加快了我们的发展速度，促进了我们生活质量的全面提升。在新时代春风的吹拂下，万物茁壮成长，欣欣向荣。

　　时代的脚步在不停地向前奔跑，跑着跑着，一不小心，就跑到了全球的最前端。2017年网民规模达7.72亿，互联网普及率超全球平均水平。网络的便利惠及了我们的生活，淘宝、京东成了我们日常消费的场所，微信、支付宝成了我们的掌上银行，不管走到哪里都可以网络支付，连路边摆摊的老大爷都在旁边放上一个二维码，只要扫一扫，东西拿回家。真是应了那句话：出门不用愁，手机拿在手，微信扫一扫，保证啥都有。网络时代架起了我们沟通的桥梁，在我们的地球村里，不管时空相隔有多远，只要一网在手，便可时时见面。

时光如白驹过隙，转眼就到了2018年，我们"世纪宝宝"这一代也已经长大成人。我们十八岁了！此刻的我们正坐在高考的考场上，给你们写下这篇文章，把我们的故事和经历分享给你们，期待着十八岁的你们能从这里汲取到一些营养和力量。

到2020年，我们要全面建成小康社会。到了2035年，也就是你们的今天，你们十八岁的时候，已经基本实现社会主义现代化。你们是早上八九点钟的太阳，祖国是你们的，未来是你们的，一切都是你们的！

回首我们的过去，纵有千古，横有八荒。展望我们的未来，前途似海，来日方长。我们都是中国的少年，今日之责任，不在他人，而全在我少年。天戴其苍，地履其黄。美哉我少年中国，与天不老！壮哉我中国少年，与国无疆！

新的时代，新的梦想，新的征程，新的启航，我们中国少年，将会不忘初心，牢记使命，奋勇拼搏，砥砺前行，齐心协力共同谱写我们伟大祖国的锦绣篇章！

挑战生命中的十八盘

"十一"小长假期间我们一家去泰山游玩。听说泰山十八盘很陡很峭，不甚好爬。我们有意挑战一下自己，领略十八盘的奇险风采。

我们从红门登山，好不容易到了中天门。这里是中转站，往下有去天外村的客车，往上有去南天门的索道。因为中天门到南天门几乎全是陡峭台阶，尤其到上面的十八盘，更是突兀悬立，难以攀爬，所以很多人都选择坐索道上山，只见售票处排起了长龙似的队伍。我们此时已疲惫不堪，也想坐索道，可这时面前走过一个肩挑东西的人，步履匆匆地往山上走去，这让我想起冯骥才笔下的挑山工，一下子备受鼓舞。我对老公和儿子说道："不到长城非好汉，到了泰山不登十八盘也枉来一遭。往上爬！"看见他们有些犹豫，我转身向上爬去，头也不回，一口气往上爬了两大段台阶，回头望时，老公和儿子已在后面紧跟着。我很是感动，心想我一定要带好这个头，登上玉皇顶，不留遗憾。

路边到处是碑碣石刻，蕴涵着泰山的历史典故和文化底蕴。我们一路攀爬上去，虽说石阶有些陡立，但因左边是高大的山体，右边有粗厚的砖墙，所以也不觉怎么难爬。但毕竟山高路远，到了十八盘处已是气喘吁吁了。抬眼望去，高高耸立的十八盘如天梯般悬挂在突兀陡峭的崖壁间，直冲云天。我不由得心中一惊，脚下一软，如此险峻，我们能爬上去吗？想起明朝祁承濮曾有一诗描写此景："拔地五千丈，冲霄十八盘。径丛穷处见，天向隙中观。重累行如画，孤悬峻若竿。生平饶胜具，此日骨犹寒。"

"妈，走吧。"关键时刻倒是儿子鼓舞了我，于是我们一鼓作气，往上攀爬起来。十八盘分为"慢十八"，"不紧不慢又十八"，"紧十八"。自开山至龙门的"慢十八"爬起来还是比较容易的，但是从龙门至升仙坊的"不紧不慢又十八"就是另一番景象了。盘路两边不再有山体和砖墙依靠，而是悬空的，是直立向上的，而且又高又远，让人望而发颤。这时儿子像不怕虎的初生牛犊，勇猛往上攀爬，我们也只好紧跟其上。人群中不时听到有人在惊叫。我小心翼翼地爬着，冷不丁上下看一眼，不禁冒出一身冷汗。就这样战战兢兢如履薄冰般终于到了升仙坊。本以为已经到达目的地了，可是卖东西的人说还有一盘呢。转过升仙坊往上看，天呐，又有一天梯般的羊肠小道悬挂在两侧空空的崖壁间，令人毛骨悚然。石阶上有很多人在攀爬，都使出了九牛二虎之力。我使劲抓着右边的栏杆，左手拄着登山杖，一步一步往上爬。只见旁边有一个游客弯下腰来用双手往上攀爬。我不敢想象若是只有一个人在此攀爬会是什么感觉？恐怕像是悬挂在半空中，叫天天不语，叫人人不应。

在大汗淋漓中我们终于登上南天门。此时再回首来时路，一眼望下去，天梯垂直而下，让人眼晕，心惊胆战。

自南天门上了天街，再往上走就到了玉皇顶。站在泰山极顶，放眼远眺，群山连绵，烟云似海，云雾缭绕，山脚下的泰安城依稀可见。怪不得孔子会有"登泰山而小天下"的伟大胸怀，杜甫会有"会当凌绝顶，一览众山小"的豪情壮志，也怪不得历代帝王会在此封禅祭祀，无数文人雅士在此作诗记文。"五岳独尊"、"登高壮观天气地间"等碑刻无不彰显着泰山的仙神之气，雄伟磅礴。

天下事有难易乎？为之，则难者亦易矣；不为，则易者亦难矣。泰山之行，我们坚持爬了上去，又走了下来，战胜了胆怯，挑战了勇气。再回首，泰山也留恋，好像在赞赏地对我们说：你们是好样的，欢迎下次再来！

不由得遐想，我们生命中又有多少十八盘？只要我们不畏艰险，勇于攀登，一切都可以去挑战！

夜宿泰山

国庆期间我们去泰山游玩。到了泰山脚下已是下午。巍峨雄伟的泰山热情地欢迎着我们。游客如织，络绎不绝。

我们从红门登山。苍天古木，松柏夹道。路左边的树林随山体依次向上，深远高大，曲径通幽。阳光从树林间隙倾洒下来，让人不由得想到："树林荫翳，鸣声上下，游人去而群鸟乐也。"突然看见路右边的侧柏树上有一只小松鼠顺着树枝快速爬行，不一会儿便消失在枝叶深处。路边到处是碑碣石刻，蕴涵着泰山的历史典故和文化底蕴。

红门至中天门的路相对来说是比较好走的，即使到了壶天阁、步天桥，数段台阶相连，相对陡峭些，但也并不怎么高，可是从中天门到南天门就是另一番景象了。盘路几乎全是陡峭台阶，走过云步桥、对松山，抬眼望去，高高耸立的十八盘如天梯般悬挂在突兀陡峭的崖壁间，直冲云天，让人心惊胆战，毛骨悚然。我们相互搀扶鼓励，使出九牛二虎之力，小心翼翼如履薄冰般终于踏上了南天门。

此时已暮色四合。为了第二天早上看日出，我们只好在南天门过夜。

南天门上灯火辉煌。一问旅馆价钱一晚上一千多元，最便宜的一间也要八九百，不由让人惊叹砸舌，还好到处有叫卖租军大衣的。一件二十元，我们便每人租了件军大衣，又租了一个垫子。接下来便是找地方睡了。边边角角的地方都已站满了人。有的把睡袋铺在地上钻进去；有的穿上军大衣靠在栏杆上眯起眼睛；有的和着军大衣直接倒在地上打起呼噜。最好的地方是靠墙处，可以避开山风，还暖和些。只见地上能利用的空间都挤满了人，睡袋军大衣连成一片。南天门和天街上已没有空地儿，我们只好来到南天门外面两侧的平台上，这里没有灯比较暗，可仔细瞧去也已挤满了人。我们正欲走时，朋友在一墙角找到一席之地。我们赶紧把垫子铺下来，大家穿上军大衣挤着躺在地上，看着天空中星星闪闪，心想明天是一个大晴天，肯定能看到日出。我的头挨着一块石碑，离近了一看是"南天门"三个字，下面是南天门的简介，汉语英语日语韩语四种语言。突然有一种特自豪的感觉，能在南天门口夜宿，将会是很难忘的记忆和留恋。

　　选择露宿南天门也注定了是个不眠之夜。夜里登山的人好像比白天多很多，南天门门庭若市，登山的脚步声络绎不绝，而且脚步声越来越密集，大有千军万马，排山倒海之势。朋友说光这一晚上的客流量也上万了。这么多人夜登泰山，估计都是冲着看日出来的。突然想起同学的话来：再也不夜晚登泰山了，累得半死爬上去就是为了看日出，可有时日出还看不到，黑咕隆咚地爬了上去，连泰山是什么样子都不知道。

　　这时候南天门人声鼎沸，嘈杂喧闹，越来越多的人走过来，走到我们身边脚边，感觉都快被人踩到了。睁眼看见天空，有一团一团的东西飘过，稀薄的淡灰色的如烟似雾的东西，有人说那是云朵，我震惊了。如此近距离看云朵飘过，如梦如幻。那云朵飘移速度非常之快，就在头顶上嗖嗖地游走。只听有人说阴天了。山顶上的天气变化莫测，忽晴忽阴。我在心里祈祷着，千万别阴天，一会儿还要看日出呢。此时天已蒙蒙亮，看手机将近凌晨四点。我索性坐起来背倚南天门石碑，看着不断登上来的人群，迷迷瞪瞪又进入了梦乡。似睡非睡间，只听一老人大喊道：都起来了，打扫卫生了。大家都一骨碌爬起来，拍拍尘土，整整衣服，伸伸懒腰，打个哈欠，纷纷往南天门走去，只剩下身穿"泰山环卫"橙色马甲的老大爷在用叉钩挑着地上的纸袋瓶罐。

山风很大，我们只退还掉垫子，穿着军大衣急速向日观峰走去，亲眼目睹了神奇的云海和壮观的日出。

下山时我特意来到南天门右侧睡觉的地方拍了一张照片留念，作为心头的一抹难忘的记忆，永存心间。

泰山云海

去过泰山的人都忘不了泰山日出的瑰丽壮观。确实,泰山日出很让人震撼惊喜,已有很多名家大师用画笔和文字勾勒出日出美景。但我要说的是泰山云海,这是在泰山极顶上让我感触颇深的一大奇景。

历经辛苦登上南天门之后已是暮色四合,为了第二天早晨看日出,我们便夜宿南天门。晚上向夜空望去,只见远处天际一道淡淡的橙红色。我甚是诧异,那是什么呢?黑色的苍穹之下为什么会有那么一道彩光?有人说是灯光打的射线,那投射得也太远了吧?黎明时分,天色微亮,我们便随大批游客从南天门走上天街,再从天街登上玉皇顶。

站在泰山极顶,放眼远眺。群山连绵,峰峦叠嶂,峭壁突兀,朝霭重重,山脚下的泰安城依稀可见。转身向山后望时,那一派神奇的景象霎时让我惊呆了。只见烟云似海,云雾缭绕,如浪似雪,大有排山倒海之势,滚滚翻腾,我简直不敢相信自己的眼睛,这是真的吗?犹如腾云驾雾般,置身于云海中,飘逸洒脱,如梦如幻,天地间立刻神圣高大起来。这就是云海玉盘的奇景吧!太壮观了!只见山后的一团团洁白的云朵时而浓时而淡，时而近时而远，就在我们脚下漂浮游动，不时有烟雾袅袅升腾。有时白云平铺，如大地铺絮，山谷堆雪，团团白云如同千万个玉盘，轻拢漫涌，铺排相接，游移缥缈，好像广阔无垠的大海，让我们犹入仙境。

怪不得泰山一路走来都是带有"天"和"仙"字的牌坊。像迎天，中天门，升仙坊，南天门，天街，玉皇顶等，还有极顶上"五岳独尊""登高壮观天气地间""登泰观海"的碑刻，无不彰显着泰山的仙神之气，气势磅礴，巍峨雄壮。怪不得历代帝王会虔诚在此祭拜，试想，古代帝王们在腾云驾雾中封神祭祀，如天人合一，是何等威武神圣！这时我们也不难想象为什么孔子会有"登泰山而小天下"的伟大胸怀，杜甫会有"会当凌绝顶，一览众山小"的豪情壮志，无数文人雅士为什么会不辞辛苦来此作诗记文……

山不在高，有仙则名，水不在深，有龙则灵。泰山极顶是又高、又仙、又名！这一切都离不开泰山云海的奇景。"穿云出釉小天下，紫霞曝落晓光开，只道巍峨无其右，满目青山尽密云。"泰山云雾是奇特的，是变幻莫测的。

泰山云海，缥缈神奇，让人沉迷陶醉，流连忘返！

美哉，凤凰！

这个春节，我去了心驰神往的梦之故乡——凤凰古城。

初识凤凰这个美丽的名字是在沈从文先生的《边城》一书中。攀山缘水，我寻觅着；放飞心灵，我寻找着。寻找那洋溢着牧歌气息的山山水水与充满着善与美的纯洁人性的湘西小镇。然而这个美丽如仙境的地方只能在我的梦里出现。因为工作原因，平时被繁忙劳累压得喘不过气来，也无暇放松自己。一位凤凰的好友再三诚恳地邀请我去玩，于是我便借春节长假这宝贵的机会去了凤凰，也使疲惫的心灵得以自由地呼吸和休养。

来到湖南省湘西土家苗族自治州的西南，在群山环抱中，一个风光旖旎，小桥流水，朴实无华的世外桃源便赫然涌现眼前，让我张大嘴巴，大瞪双眼，无限赞叹。

进入凤凰古城，心也随之飘飞了起来。静静的沱江河水穿城而过，红色砂岩砌成的城墙伫立在岸边，南华山衬着古老的城楼。沿着老城区漫步游赏，古代城楼、明清古院，风采依然。凤凰古城，历史悠久，据说城楼是清朝康熙年间修建的。小城之内充满了古色古香、古风古韵的景观，令人目不暇接。怪不得好友曾自豪地对我说，她的家乡就是一幅浓墨淡彩的中国山水画呢！

凤凰真美呀，美得犹如花容月貌的少女，亭亭玉立；凤凰真嫩呀，嫩得就如土家姑娘饱满如玉的脸蛋，一碰就能溢出一汪水来；凤凰真静呀，静得犹如古老朴实的沱江水，默默无闻地流淌着，不急不缓；凤凰真净呀，净得如碧绿的沱江水一样，清澈见底，孕育了爽朗善良的凤凰人。

一个地方之所以让人向往，景色秀丽固然重要，但之所以更受人的偏爱，是因历史赋予了她厚重的文化底蕴。就好像一个美女，除了倾国倾城的佳容之外，还有着一种独特气韵。凤凰就是这样。

走进凤凰，犹如置身画中。虽然不是"江中渔舟游船数点，浣纱女'带香偎伴笑'"的季节，但蓝蓝的天，静静的水，朴实的人，足以让人驻足留恋。几位苗家姑娘悠然飘过，一身扎染服饰，头上包着青花布，恬淡的表情一如瓦蓝的天空中飘浮的洁白云朵。

具有浓郁土家族风韵的吊脚楼悬在江边，让我想起了宋祖英那甜美的歌声："小背篓晃悠悠，笑声中妈妈把我背下了吊脚楼……"一切都是那么的朴实无华，让我们时刻感受着湘西文化的乡土气息。如今，沈从文先生笔下的翠翠，她在哪里？不知是否仍守候在某个渡口，对人讲述着爷爷、黄狗和远走的二老。但我们仍能找到那茶峒清澈透明的小溪，古老的白塔，被夕阳染成桃红的的薄云，月光下象征爱情的虎耳草……

和好友兴致勃勃地观赏了凤凰古城，深深地陶醉于东岭迎晖、奇峰挺秀、山寺晨钟、兰径樵歌等美景中，流连忘返，久久不肯离开。好友还把我带到了特色商店一条街去品尝凤凰小吃。姜糖是凤凰特产。将姜搅碎制成糖。甜中有丝辣味儿，是祛寒驱潮的良方。凤凰人就是凤凰人，连糖都要带有辣味。没有坐享其成的幸福，只有通过风风雨雨的艰辛奋斗才能换来殷实的生活。

美哉，凤凰！

画里青春

"流光容易把人抛，红了樱桃，绿了芭蕉。"画上女子颔首微笑，羞色满面，欲语还休。柔波流转，樱桃粉面，裙裾飘逸，落于满园绿色之间。画纸已发黄发暗，透着历史的斑驳痕迹。这是我青春时期画的第一幅国画仕女图。

光阴荏苒，转眼二十载。那是上师范时，美术课上李老师教我们国画。铺开宣纸，先临摹老师的画，勾勒大致的轮廓。一直以为画画就跟玩似的很容易。可没想到一个看似很简单的线条画了好多次就是画不像，于是我就急躁地敷衍了事，接着画其他部分。可李老师不知何时已站在我跟前，用手指着我那条画得不好的线条，笑眯眯地看着我。他虽然什么也没说，可我却感到他眼神里闪烁着的容不得任何污点的光芒。李老师和蔼耐心地告诉我线条的画法，并语重心长地说："画画一定要认真细心，不可草率，你们现在刚学画画，也没有太高的要求。像那些画家们作画都是要细细雕琢，精益求精的。"李老师的话如醍醐灌顶，让我明白了不管做什么事情，都要用心去做，耐心去做。画画是一个用心付出的过程，来不得半点心急，修身养性则在此已。

  我调整姿态，用心去画。画好轮廓就到了上颜料的环节。先是在水粉盒里配上颜料，然后再涂画到轮廓空白处。给画涂色更是一个细心的环节，不能快也不能慢，而且涂色需要罩染，一层一层地涂，要匀速前行，犹如练太极的人，一招一式都要运筹帷幄，运好气力。掌握好节奏后，我觉得涂色也是一种享受。你看，我们首先是一位调剂师，美丽的颜料在等着我们配制，两种不同的颜色搅拌到一起就制成了一种新的颜色，他们像美丽的小精灵，在我们的魔幻法术下变来变去。其次我们还是一个雕刻匠。我们把调好的颜色均匀地涂抹到画纸上，犹如雕刻匠在打磨一件器具，东敲敲、西磨磨、上雕雕、下刻刻。最后我们就是一个鉴赏家了，欣赏把玩着已成型的作品，点头晃脑，评头论足。

  照片上的这幅画是我的处女作。虽然这幅画只得了一个甲下的成绩，但画画的过程于我来说却是一次嬗变，从一个疯跑野玩的丫头变成了一个恬静稳重的少女。画画教会了我用心做事。我于画画中磨练了意志，陶冶了性情，提升了素质，修养了气质。

  画里时光，青春荡漾；画中情景，意韵绵长。

又见平遥

应平遥文友的再三邀请，周末我们去了位于山西省中部的平遥古城。一下高速，"又见平遥"四个大字便映入眼帘。进入这座历经两千七百多年悠久历史的古城，敬佩仰慕之情油然而生。脚踏平遥古城的街道，犹如置身于历史中，聆听着千年时光的悠然诉说。那保存完好的古城墙，那明清时代遗留的建筑，那曾经显赫的全国金融中心的地位，平遥的每一寸土地都让我们敬畏神往。

文友带我们从西门口进入，仿佛跨进了时间隧道的洞口，一下子便穿越到了古代汉民族城市的建筑经济文化氛围中。漫步平遥古城，时间是倒流的，城内是清一色的青砖灰瓦四合院群，每个院子沿中轴线由几套小院组成，期间多用短墙、垂拱门楼分隔，有分有合，浑然一体，真是"庭院深深深几许"，"曲径通幽处，禅房花木深"！

文友热情地介绍道，古城墙自周代时修建，先后修葺多次，使城墙坚固壮观。上月垛口三千个，敌楼七十二处，是按孔夫子的弟子三千，贤人七十二的数字修筑的。平遥古城的交通脉络由四大街、八小街、七十二条巷构成，经纬交错，多而不乱，而且每个小巷的名字很有特色。我陶醉其中，不能自拔，梦想在这小巷中永远地居住下去。

一个地方之所以美好，吸引人，不光是其秀美的风景，还有历史赋予它的厚重的文化底蕴，平遥古城更侧重于后者。它历尽沧桑，几经变迁，周长不过六千余米却承载了辉煌春秋，抒写了华丽篇章。幽深巷道里青石斑斑，朱红城门斑驳剥落，两眼水井荒枯干涸，灰秃的瓦砾和古城散发出的浓厚气息扑面而来，震撼你的灵魂。

走进平遥古城，就如同走进一座大型历史博物馆。街市、票号、镖局、当铺、道观、庙宇、商会、县衙……明清街上的太师椅、精巧的木雕、砖雕和石雕，带花纹的茶壶、泛光的漆器、手制的工艺品等就应有尽有，还有各种种样的特色小吃，我们仿佛窥见当年的繁华昌盛，热闹非凡。

古老的街巷，古老的房屋，目之所及的每一个地方都有历史，都有典故。走到近南门时的一个城楼，文友兴致勃勃地跟我们说，电视剧《亮剑》里李云龙迫不得已不顾妻子秀琴炮轰城楼时，就是在此取的景。

看着，走着，让人欲罢不能。

平遥的一切是那么古朴而又真诚，一如文友那憨厚朴实的热情。品悟平遥，品味那积淀浓厚的文化，体悟那淳朴的古老民风，她是历经沧桑的乱世佳人，风风雨雨，宠辱不惊。她就那样静默着，用宽广和博大的胸怀温暖着过往的每一个人，不管岁月如何变迁，她的高贵与气韵都与城墙同在……

又见平遥，期待着再次见到平遥！

享受沿途的风景

"五一"小长假期间，我们跟团出去游玩。

真是黄金佳节呀，路上全是车。各式各样的私家小轿车和旅游大巴车把交通织成了密集的网络。车辆如梭，川流不息。当车驶进转弯公路时，我们看到了前方排着一条龙的长车队伍。"不好，堵车了。"有人叫了起来。真的堵车了。我们乘坐的大巴车也在减速缓行然后停止。

"哎，真倒霉，好不容易出来玩一趟吧，还堵上车了！"

"就是，真扫兴，最烦的就是堵车了，把我们的时间都浪费了。"大家怨声载道，都在为堵车发牢骚。我虽然没说什么，但心里也满是烦躁。

可就在这时，我邻座的女孩吸引了我的注意力，她二十多岁的样子，明眸皓齿，清纯秀丽。只见她满脸兴奋，出神地望着窗外，一幅陶醉的样子。我甚是不解，便好奇地问道："你在看什么？""看风景呀！"女孩莞尔一笑，轻松地说。车窗外除了山还是山，哪有什么风景嘛。

女孩好像看出了我的疑惑，用手指着窗外，快乐地向我解释道："你看那山峦，起起伏伏，连绵不断，气势磅礴，巍峨耸立，而且形状各异，千奇百怪。你看，那个多像一头大狮子，那个像一只乌龟，还有那两座山峰依偎在一起，好像一对情侣哟。"

女孩边说边发出清脆的笑声："还有那蓝天白云，多美呀！你看，蔚蓝的天空中飘浮着朵朵白云，天真蓝，天空真干净。可见山里的空气多好，多新鲜呀！"女孩开心地说着，闭上眼睛深吸了一口气。我深受感染，也吸了一口气，还别说，好清新呢。闭上眼睛，仿佛来到了天高云淡、山清水秀的小村庄。

好不容易才到达目的地，可天公好像在跟人们开玩笑，霎时，天空阴云密布，豆大的雨点噼里啪啦地滚落下来。游客们都急着避雨，慌作一团，抱怨声此起彼伏，哪还有心情看风景。可女孩却不慌不忙地走到景点服务中心买了一把伞，手擎花伞，漫步在路上，悠闲自得地欣赏着每一处风景。

有很多时候，我们只是一个步履匆匆的过客，为了到达目的地而急匆匆地行走。沿途有很多风景，可急躁的我们无心顾及，只一心盼望着能快些到达目的地。殊不知，由于内心不清净，到达目的地后，我们也未能尽情地去欣赏风景。

其实，我们都应该像那个女孩一样，不只追求结果，重在享受过程。如此，不管发生什么，不管身在哪里，满眼看到的都是美丽的风景。

只要心情好，处处皆风景。

十里桃花香

周末，我和朋友去了山西和顺边界的山区，尽情饱览了十里桃花香的秀美景色。

阳春三月，尽管公路两边的垂柳已迫不及待地冒出鲜绿的嫩芽，但是绵延起伏的山上还裹着荒凉的枯草，好像不忍跟冬天告别似的，默默地守卫着冬天的残迹。但就在这荒凉的枯草中，一片一片的粉白色点缀其中，像一道亮丽的风景线，吸引了人们的眼球，远望像是给山儿们披上了花色的衣裳，又酷似山儿们的眼睛，亮晶晶地瞪着，闪闪地鬼眨眼，机灵透彻，俏皮地看着山下的游人们。

我们都被这俏皮而又热情的眼睛吸引了，兴致勃勃地往上爬，想要足足地一饱桃花秀丽的姿色。走在山腰上举目仰望，一条粉红色的长飘带围在山间。桃花笑红了脸，姿态优雅地向我们招着手。我们加快脚步往上爬。爬过一个山头，下去转弯就步入了地势相对平坦的桃花大道。路上全是红褐色的胶泥土和灰白色的碎石块。路的两边全是桃花。一边生长在高山上，一边生长在山沟边。高山上的桃花都依山而长，斜斜地把桃枝伸展下来，桃花也都好奇地探出脑袋，竞相绽放，争着把花朵舒展到行人脸上。山沟一旁的桃花也不甘示弱，她们你追我赶地都出来赶趟儿，生怕输了似的，拼了全身的力气把最娇艳的花朵献给观赏她的游人们，还煞费心思地用团团簇簇盛开的花枝遮住了旁边的山沟，为游人们提供了天然的屏障，虽然透过花枝依然能看到沟壑纵横的山谷，但是游人们行走起来就安全许多。桃花们都争着比美，可她们都知道团结协作。她们没有孤芳自赏，而是凝心聚力，连成一片，汇成了花的海洋。这种气势让游人互帮互助，感受着集体的力量。

"人面桃花相映红"。两边的桃花交互辉映，横柯上蔽，头上是桃花，花下是行人，花为行人开，人在花中游。两边的桃花也起了劲儿地呼朋引伴，叽叽喳喳地闹个没够。这里，粉蕾娇娇，莹洁无瑕；那里，玉蕊楚楚，含露吐英。含苞的，娇羞滴滴；怒放的，玉立亭亭。走在桃花小道上，满目花色，清香四溢，沐浴着和暖的春风，呼吸着淡雅的香气，大家说说笑笑，沉醉在花香里。"无意苦争春，只把春来报。"桃花的盛开无疑给大山们带来了春的生机。

桃花给了人们鼓舞和勇气。大家不仅倾叹桃花的迷人景色，更佩服她们的坚强毅力。生在石缝中，却开出美丽的花朵。这是怎样一种顽强的生命力？这是怎样一种不服输的精神？这是怎样一种耐得住寂寞的奋斗？不择地势，不择环境，任劳任怨，默默无闻，脚踏实地，坚实生长，不求付出，只求回报。她用最美的花朵来回报大山，回报游人，把最美的景色献给大家，把最艰难的付出留给自己。

因着桃花的殊容，历来人们都把桃花比作女性。那我要说，桃花既是美女，更是贤妻良母。她以身示范，率先垂范，用自己的无私行动给大地孕育了果实，哺育了生命。

桃花之香，德美远扬；香飘四方，处处芬芳。

向桃花致敬。

骑着自行车去拜年

　　过年期间，大家都是开着车来拜年，老家的大街小巷停满了车。汽车一辆挨一辆的，把家门口赌了个严严实实，只能容下一个人侧身挤过。车排成了长队，人也排成了长队，这拨儿还没拜完，下拨儿已等在门外，还有一拨儿没有下脚的地儿，只好等在车里。看这阵势，人多，车更多。

　　忽见几个小伙子骑着自行车悠然驶来。"路上到处都是车，根本就走不动，我们干脆把车放在一边，骑上自行车过来吧，这样见缝插针，倒是比车跑得还快。"听着他们的解释，大家都笑着说："真是明智的选择，我们刚刚还在商量着以后都不开车了，都骑自行车呢。"这让我想起上次回老家时，路上车水马龙，交通阻塞，我们的车每隔十分钟才能往前挪一步，那种等待的煎熬实在让人太郁闷。

　　如今出门都是开车，自行车早已被遗忘在车库的角落，布满灰尘，落满流年。想起儿时，在周末的闲暇时间，约上三五好友，骑上自行车环游野外，又唱又笑，又说又闹。一路上撒下了我们的欢歌笑语。骑自行车的青春时代给我们留下了美好的回忆。

就是，何不骑上自行车去拜年？刚刚还为如何开车驶出这无边无际的车流而发愁的我们会意一笑，立刻骑上自行车出发。我们铆足了劲，猛蹬车轮，唱着笑着，一如那放飞的小鸟，快乐自由地飞翔着。碧空如洗，白云悠悠。冬日难得的太阳一路照耀着我们，撒下暖暖的柔柔的光线，就如母亲的手抚摸着你，给你增添无限力量。两旁是整齐的树木，虽然干枯光秃，没有夏日的葳蕤葱茏，但却不乏另一种雄壮健硕的骨感美，犹如一个个勤劳的士兵，在为你站岗，向你敬礼，护送着你回家。心情倏然间便好了起来。有多久没有欣赏路边的风景了？整日生活在钢筋水泥之中，过着忙忙碌碌的生活，沉重的工作压得我们喘不过气来，哪有心情去放松？放眼四野是一望无际开阔的田地，此刻的心情很是舒畅，突然很期盼那种"采菊东篱下，悠然见南山"的生活。

我们边说边笑边骑。骑累了便停下来，稍作歇息，大口大口地呼吸着新鲜的空气。就在这样边骑边玩的旅途中，拜年的方向也越来越近。

我把骑自行车去拜年的视频发到朋友圈，即刻迎来一片点赞。大家纷纷伸出大拇指说：骑着自行车去拜年，既锻炼又环保，还可以尽情地欣赏沿途的风景。

骑着自行车去拜年，真好！

还有诗和远方

　　大学同学聚会，原先在一家小公司做职员的陈浩现在身为一家网络公司的老总，风度翩翩，谈吐不凡。我们都很惊讶他惊人的变化。陈浩缓缓地给我们讲述了他的经历：在小公司做职员时，每天过着朝九晚五的生活，悠闲自得，潇洒自在，无忧无虑。但时间久了，就发现这种生活很没劲。一个偶然的机会他接触到一个商业成功人士，他告诉陈浩：人活着，就要不停地去奋斗，去创造，不要在能吃苦的年纪选择安逸。就是这句话给了陈浩无穷的动力，从此陈浩奋发图强，把上大学时学习的网络技术专业课又重拾起来，潜心学习研究，然后就创办了自己的公司。

　　刘斌是我的同事，工作很认真，除了搞好教学之外，他还潜心搞研究，不断地学习一些新领域的知识。我们学校工作强度很大，老师们也都非常疲惫。课余时间大家都尽量地放松娱乐，可唯有他"两耳不闻窗外事，一心只读圣贤书"，我们大家暗地里都笑他迂："教好学生就行了，干那么多额外的工作干什么，又没有人多给你发工资"，可他依然"结庐在人境，而无车马喧"，认真地学习着，研究着，思考着。功夫不负有心人，他研究的课题获得国家级一等奖，随之而来的是鲜花、掌声、荣誉以及各大名校抛出的橄榄枝。面对媒体的采访，他平静地说："不要满足现状，要不断地去创造，去创新，让生活每天都有奔头，有希望。"

在一次娱乐节目中，唐国强讲到了自己当年面临的两个选择：一个是工厂，一个是话剧团。他回忆说，这个工厂待遇非常高，穿着白大褂穿着拖鞋进车间，这在当时看来条件是非常好的，是多少人求之不得的。可他却没有选择工厂，而是选择了有创新性的话剧团。这个工作很累人，需要你不停地去创造，去挑战，去奋斗！唐国强动情地说："创造性它是不断思维的，我们现在说说就过去了，可你不知道要实现它的过程有多困难！"可正是因为选择了挑战，战胜了困难，才有了他今天的辉煌成就。如果他当时选择了安逸舒适的工作，那么我们就少了一位演艺家，多了一名普通工人。

路上的风景很多很远，我们不能只看眼前，满足现状，停滞不前。生活不是眼前的苟且，还有诗和远方……

单车上的青春流年

  吹着口哨,唱着歌,骑着我们的自行车,一路上撒下了我们的欢歌笑语。看着照片上骑着自行车的我,英姿飒爽,意气风发,脑海深处的记忆又把我拉回到了那个在自行车上飞扬的青春年代。

  那时家里不富裕,我的梦想是有一辆自行车。其实家里已经有两辆自行车了。但爸爸上班要骑一辆,两个姐姐上学共用一辆,没有我的份儿。我上的小学离家近,跑着去就行。两个姐姐的学校离家有几十里地远,她们相互带着去上学。我特别渴望能骑自行车,但是我只能趁他们都不骑的那一小会儿工夫,赶紧遛会儿自行车,过把"昙花一现"的瘾。

  我考上初中后的一天,爸爸推着一辆半新的浅蓝色二六式自行车回来了,说是送给我的礼物。因为我是我们村唯一一个考上县里重点中学的学生。我乐得一蹦三尺高,终于有了自己的自行车。

  从此自行车就成了我形影不离的伙伴。上学和放学的路上都留下了我骑自行车的身影。周末骑上自行车和好友外出游玩,是我们的一大快事。我们边骑边唱,和煦的春风吹拂着我们,满眼的春色诱惑着我们,我们脚下生风,猛蹬自行车,去拥抱惹人怜爱的大自然。后来上高中是在一所离家有五十多里地远的学校。因为坐车不方便,我就骑自行车去上学。一路上有三五个同学做伴,我们都骑着自行车边说边笑,半百里地的路程也就在自行车高速飞转的车轮中悄然走完。在学校住上十二天,我们又骑着自行车踏上回家的征程。又是一路欢歌笑语,一路脚下生风,我们铆足了劲往前蹬,尽管有的伙伴已是满脸通红,但我们谁也不肯歇息一会儿。就这样一鼓作气,勇往直前,"长风破浪会有时,直挂云帆济沧海",我们扬帆远航,家就在不远的前方。

  回到家后,也顾不得休息,马上端来一盆清水,开始擦洗自行车,把自行车擦洗得油光锃亮,就好像一位穿着不时尚但却很整洁的农家妇女,闪着神采奕奕的光芒。给自行车洗完澡后,我就让爸爸修理自行车。所谓修理,其实也就是紧紧车圈,调调车闸,抹抹机油,这里敲敲,那里打打,如此这般,自行车便如一个玲珑少女,更加容光焕发了。

  第二天返校的路上,又骑上我心爱的自行车,我们边骑边唱,比赛谁骑得快。乡间的小路上,三五辆自行车,你追我赶,没有一个愿意落在后面。说来也怪,现在即使骑最好的赛车、山地车,估计都骑不出那样的水平,而且我那辆自行车还是半旧的。现在每每忆起,不仅感慨,如若再让我骑那辆自行车,我还能骑出那样朝气蓬勃的水平来吗?

  考上大学是在省城,自行车也就下岗了。"自行车为我们小燕儿卖了很大的力气,也该好好休息一下了。"爸爸打趣道。可我第一个假期返校时就把自行车带走了。因为在学校出个门就要坐公交,又挤又慢。带了自行车去学校,真是方便极了。周末时间我转遍了省城的大街小巷,每个角落都留下了我与自行车的身影。

  毕业工作,转眼十几载。"无可奈何花落去,似曾相识燕归来"。现在出门都是开车,连电动车都很少骑,更别说骑自行车了。当年的那辆自行车也早已不复存在,唯有我与自行车的照片还静静地躺在那里,印证着葱茏足迹,凝聚着岁月流年,承载着青春梦想,畅想着美好未来。

享受奔跑的每一步

在上大学之前,他一直是特别好胜的一个人,学习要争第一,比赛要争第一,事事都要争第一。他总是信心满满,甚至跟人猜丁壳都觉得自己能赢。

在香港大学就读期间,一次跑步却给盛气凌人的他上了深深的一课。他代表他们宿舍去参加港大的跑步比赛。当时他穿了一身新买的特别炫的跑步装备。这套衣服提前也没试过,从头到脚都是新的。跑的时候,就发现这个装备有问题了,很磨皮肤,也很不舒服,后来就基本上跑不下去了。他看见操场有个小侧门,就直接从小侧门跑出去了,连实践都没完成,就像逃兵一样灰溜溜地跑回到宿舍。这对他的触动很大,一个凡事争第一的孩子,竟然连跑步都没坚持下来。他拿起钢笔在本上写下"以前我所谓的成功,其实都是有运气成分的。到了今天才发现,如果你在准备一个真正重要的事情,一点闪失一点大意一点骄傲都不能有。有的话你就会失败。"他写着,眼泪就吧嗒吧嗒地往下流。

几个月之后,有一次在楼道里,突然听到从宿舍里传来音乐,是

Beyond 的海阔天空。就是这首歌唤醒了他沉默的积蓄，有一种动力激励着他向前跑，向前冲！失败一次算什么，真正的勇者经得起风吹浪打。他穿上那双已被放到书架上束之高阁的跑鞋，跑出去了。那次跑着跑着迷路了，跑到一个山上的森林里去了。他突然觉得跑步是件很自由的事。跑步不见得非要去比赛，也不一定非要去跑操场，什么样的路都可以跑。跑步给人汗水洗去耻辱的感觉。不带着目标去跑步，让跑步变得洒脱。想跑，穿上鞋出门就去跑。就这样，跑了大半年之后，又到了新的一年港大的跑步比赛了。他一路领先闯过终点。这次比赛随心所欲，毫无压力，他反而轻轻松松拿了第一。从那之后，他开始随时随地奔跑，他爱上了这项看似枯燥的机械运动。

然而跑步对他来说永远不枯燥。他说："跑步的规则很少。别的运动虽然好玩，看着很炫，但是有很多规则限制你。而跑步可跑各种地形，各种天气，甚至各种海拔。跑步永远是移步换景的。"他享受着跑步路上的每一道风景。然而跑步过程并不轻松，他付出了我们常人难以想象的努力。他也痛苦，也难受，然而他懂得坚持。有一种信念在支撑着他：完成今天的训练，将会获得全身的愉悦。跑步就是人生。痛苦和人生是相随相伴的。当你完成跑步时，你会有满足感。你要适应了这种痛苦，才能从痛苦中得到快乐。

大学毕业后，他从事英语翻译工作，相对来说时间比较自由。他坚持跑步，几乎跑遍了各大马拉松赛事。他跑步上雪山，海拔高达四千米。他还跑步闯冰湖，超低温零下三十度。让他印象最深的是，穿越死亡之旅的新疆戈壁长征。2010 年参加戈壁长征时，每个人都背着自己的补给，衣服，在戈壁里面穿越七天。比赛里有一个来自新西兰的老头，他满头白发，年过花甲，可看上去精神矍铄，神采奕奕。他跑在老人的后面。由于前面的人全跑错路了，致使老人也跑错路了。就当前面的人意识到跑错路后赶紧抄近道跑时，那个老人，却掉头往回跑，跑到正确的路上，再继续向正确的方向跑。这让他深深地震撼了！老人能做到如此，这是多高的境界呀。老人给了他很大的启示。那就是：比赛不走捷径。

他参加各种比赛，还创办各种有特色的跑步活动。2013年他发起了第一届泥巴大赛，也称自虐式山地障碍越野赛。他将国外泥巴大赛带入国内，这是一场向未知和恐惧发起挑战的勇敢者的盛会。

他就是每年二月最后一个周日在北京奥林匹克森林公园举行的"光猪跑"的发起人，王以彬，跑圈人称"北窗"。"光猪跑"全程三点五公里，气温零度左右，大家裸身只穿内衣跑步。今年是第三届。参与的跑者汇聚各个年龄段的人，有上至七十多岁的老人，下到五六岁的小孩。王以彬讲，光猪跑就是一种放下的感觉，不要顾及别人的眼光，不要拿别人的价值观来判断自己，把跑步当成一种体验，一种经历，一种社交活动。

如今的他开始放慢脚步，他不再追求跑步的速度与距离，对跑步的理解也更深了一层。他说："《天生就会跑》这本书里有句话，跑步不是为了更快，而是为了无所畏惧。你无所畏惧了，需求变得很少了，放下很多东西，降低你的欲望，那时你就变得很自由了。"

享受跑步，不跟别人争速度。慢慢跑，把自己的心沉静下来。今年的计划，他想每天最多只跑十公里，但是他要好好享受这十公里的每一步。

醉在山水之乐

　　五一三天短假期间，在大山里游玩了两天。平时的工作压得我们喘不过气来，正好借此难得的机会好好放松一下。驱车一路向西，行驶了有百余里地，太行山区的轮廓已凸现在眼前。越往西走，山越多。我们行驶在两边是高山的公路上，"巍巍青山两岸走"，车往前走，山往后移。路的两边和路的正前方都是山。山的姿态万千，连绵起伏，巍峨壮观。这时来看山正是好时候。山儿们都披上了一层浅绿或深绿的衣裳，焕发出青春的勃勃生机。不像我们寒假来时，山上还有积雪，一派荒凉光秃的景象。如果把那时的山比作北方的硬汉子，那这时的山就是南方的水姑娘。

　　山上的绿草你争我抢地爬满了山坡，好像在比赛，看谁能先把这山儿们装扮得秀丽多姿。像日本看护妇的小松树们，也挺直了腰杆，披着褐绿色的军装，如边防站岗的哨兵一样，瞪着铜铃般的眼睛，竖着警惕的耳朵，在为小山们尽职尽责地守护着。

　　我们在一座不知名的小山脚下停车。看着山顶不怎么高，好像就在我们平视范围之内。我满不在乎地说："爬这座小山对我们来说，还不是张飞吃豆芽——小菜一碟！半个小时，连上带下，把它拿下。"豪言壮语可能夸得太早了。且往下看。我十岁的儿子已早早地爬上了山坡。我们紧追其后。这真的是野山。我们爬在一条几乎不是路的小道上，到处是石块儿，土块儿，杂草丛生。越往上爬，山越陡。我回头一望。这一望可了不得，我感觉像是悬在半空中一样，浑身发软，四脚无力。一阵悬晕感遍布全身。

我抬头仰望，儿子以"初生牛犊不怕虎"的精神，已爬到上面很远的地方。不能再往上爬了。我心里惊恐着。"上山容易下山难"。就这样的路，要下去，真的很有难度的呀！我大声呼喊着儿子下来。儿子极不情愿地往回返。当他刚下了几步，就知道我做的决定是对的。石块往下滑，土块往下滑，一不小心，人也往下滑。我等着孩子小心翼翼地下到我的位置，我就跟儿子一块往下爬。我的天呐，这可不好下呀！两边也没扶手，也没路，一不小心就滑下去了。我们战战兢兢，如履薄冰，我把心都提到嗓子眼儿了。我本来是想保护儿子来着，可我连自己都顾不住。倒是儿子勇敢利索。每下一步，就用手扶住我，还跟大人似地安慰我说："没事儿，妈，你慢点儿！"当我们费了九牛二虎之力安全下山之后，我长出了一口气。再看看这座刚才还让我鄙夷的小山，心想"山不可貌相呀！"

我们接着向西走，来到野沟门。桥的两边是一个又一个布满石头的小水沟。流过石头的泉水清彻见底，水光清冽，游鱼细石，直视无碍。钓鱼的人儿三五成群。有的在静静地等鱼儿上钩，有的在用鱼网尽情地捞着，捞上来一看是一网兜淤泥海藻后，便哈哈地大笑起来，那笑声随着蓝天白云游荡，又以光年的速度，冲进水里，在河面泛起层层涟漪。有的人干脆挽起裤管，跳进水里，摸起鱼来。

最快乐的是孩子们。看呀，他们光着脚丫，跳进水里，打起了水仗。

这里是水库的上游，形成了天然的石头水沟。水深的地方也不过只没到小孩的膝部。儿子抓到了一只青蛙，装进矿泉水瓶子里，和他一个小伙伴把瓶子扔过来扔过去。孩子们的嬉笑声，打闹声，欢呼声响彻云霄。还有很多人在河沟边，铺开一张毯子，席地而坐，谈天、说笑、吃烧烤。放眼四周，到处是人，到处是车。

从野沟门出来，我们又去了朱家庄。这是一个山坳。四面环山的平地中，有一圈小湖泊，把湖泊中间的陆地隔成半岛。蓝天白云，湖光悠悠，水波粼粼，百鸟啁啾。"日出嵩山坳，林中惊飞鸟……"耳边响起了悠扬动人的歌声。半岛边上还留着大片的洁白干脆的芦苇杆。远处有一座跨河公路桥。太美了。虽然不是马致远笔下的"小桥流水人家"，但也是"春和景明，波澜不惊，上下天光，一碧万顷……"湖中的小蝌蚪随时可见。靠近岸边的浅水地方黑乎乎的，密密麻麻的，细瞧了，是一大摊小蝌蚪。在岸边上还干死了一大片，让人怪生怜惜的。

儿子一脚踩进岸边的泥沙里，软软乎乎的，笑着说："我出不来了。"我打趣道："这就叫做——陷入泥潭不能自拔。"这天然的场所，给孩子带来了无限的乐趣。

奔走了一天，疲惫不堪。晚上头一着床，便酣然入眠。第二天，我们又去了距此有百十里地的北部方向的山区。在山脚下的一个村落里，岸边村人们洗衣服的场景吸引了我们的注意力。一个小桥岸边有三五个村民，在揉洗着衣服。他们手里都有一把木头做的类似大捣蒜槌那样的大捣衣槌。只见他们先用手里的大捣衣槌把淤积在河边水里的树叶海藻之类的东西赶跑，然后把衣服在河水里浸透几遍，再捞出来，放在脚下磨平的石块上，撒上洗衣粉，揉搓几下，便用捣衣槌敲打起来。他们跪着弯着腰洗。儿子随口说，这是捣衣人。

"你怎么知道的？"我吃惊地问儿子。

"我们刚学过了课文'乡下人家'，里面有捣衣女。"儿子自豪地说。

"千家万户捣衣声。"旁边观看的游人跟同伴说。

沿着河沿向北走，还有一群捣衣人。相对来说，他们可能还舒服些。因为这儿有台阶可以坐。她们坐在最下层的靠近水面的台阶上，两脚蹬在水里的石块上，弯着腰在腿前面的磨衣石上敲打着捣衣槌。她们边说边笑，好不热闹。再往上的台阶上坐着几个等待洗衣服的人，他们后面放着两三大袋用麻皮塑料袋装着的要洗的衣物，鼓鼓囊囊的。

河的两边是两排高大的杨树。茂盛的擎天大树冠给路人搭建了乘凉的绝好场所。游玩的人路过此地便席地而坐，边谈笑边分享带来的美食。大风吹过，树叶哗啦啦作响。风吹树叶的响声有一种大自然的律动美，如弹奏的交响曲，高亢激昂，振人心肺；如高山流水的古筝，意境悠远，沁人心脾，令人沉醉；又如空旷的啸声，如泣如诉，让人心碎。听着哗哗、沙沙、嗖嗖的树叶声，看着大树底下未硬化的宽阔的土路，眼前便浮现出了黑白电视画面上的乡间小路的景象。尤其是听着那哗啦哗啦的树叶声，让人生出了无限感慨。不由得想起了天真无邪的儿时，快乐无忧的童年，天真纯洁的少年……

想到了刚上小学一年级时，下课了，我们一群小伙伴排着队在哗啦哗啦作响的大杨树下，叽里呱啦笑着跑着。那时我们刚学了课文《秋天来了》："秋天来了，秋天来了，一群大雁向南飞……"至今，脑海里还留着这样的影像：秋天来了，在沙沙作响的树叶下，一群孩子疯也似地跑着，笑着……现在虽然不是秋天，但是树叶沙沙的响声，让人真的有"无可奈何花落去，似曾相识燕归来。小院香径独徘徊。"的感觉。我沉浸在树叶哗哗的响声中，眼睛和思绪都游离了……

在同伴的催促下，我们要爬对面的山了。这次我们不能再半途而废了。因为这座山相对来说比较宽广平坦。视野所及之处比较开阔。在山脚下，是一片片开垦的土地。抬头是连绵起伏的青山。此时想到了陶渊明也许就隐藏于这样的世外桃源吧。"采菊东篱下，悠然见南山"是何等的悠闲，何等的潇洒，何等的豁达！这次爬山的队伍也比较壮观。我和儿子夹在中间，沿着不是路，到处是岩石块的地方，一鼓作气往上爬。两边都是荆棘杂草。小野酸枣树的疙针到处都是，一不小心，就扎在手上，钻心的痛，还真不好往上爬，但是我们没有放弃，一路上攀攀爬爬，克服了重重困难，最后终于到达山顶。无限风光在顶峰。放眼望去，四周景色尽收眼底。但是"高处不胜寒"，山风大得厉害。风吹得你睁不开眼睛，喘不过气来，站也站不稳。"会当凌绝顶，一览众山小"。山顶风大，不宜久留。于是我们便小心翼翼地又往山下爬。

　　登山真的是对勇气和体魄的挑战。

　　下午我们来到了一个大水库。进入里面，仿佛一片野外森林。真是到哪儿哪人多呀。高大的树林底下，是三五成群的进行野炊的人。有的在兴致勃勃地显露着自己的手艺，有的在尽情地享用着大餐，有的在高兴地说笑着，有的在低声倾心交谈，有的在独自聆听着音乐，有的躺在拴在两树之间的网兜千秋上，悠闲自在地左右摇摆着。这些场景在我小时候的印象里，是乡下人的生活。可是现在城市里的人却不顾路途遥远，来此消遣。这或许是住在钢筋水泥间的人们骨子里对大自然的一种向往吧。

　　垂钓园里到处都是钓鱼的人。有很多老人，一看就是专业人士，用着专业的渔具，坐在岸边的踏板车上，头戴着帽子，有的还戴着面罩，专心致志地等着鱼上钩。此时真是"坐看垂钓者，徒有羡鱼情"。不知不觉，日已西沉。我们要打道回府了。

　　车窗外，路边的杨柳摇摆着婀娜多姿的身体，尽情地舞蹈着，向路上的游人招手欢笑，仿佛在说："谢谢你们的参观，欢迎下次再来！"

　　拂着轻柔的春风，伴着明媚的笑容，载着欢快的心情，驶向家的港湾。游览了山水之乐，我们将以抖擞的精神、饱满的姿态奔赴新一轮的工作岗位中……

第三辑 灵魂深处的美

灵魂深处的美

买了新鲜荔枝,和儿子一起吃。儿子说:"荔枝怎么个好吃劲儿呀?怎么杨贵妃就那么爱吃呢?"我告诉儿子,吃荔枝不能大口大口地咀嚼,而是要小口细细品尝。儿子咂了一下嘴,叫道:"嗯,就是。荔枝还真有些味道呀。想不到这外表疙疙瘩瘩的东西内心还无比香甜呐!"

我心里怦然一动,顺势引导儿子:"这就是我们平时所说的不能以貌取人。我们不能从外表看事物,被事物的表面所迷惑。就像一个人,外表打扮得花枝招展,内心未必是干净美丽的。反之,一个善良淳朴的人,外表也未必光鲜亮丽。"

儿子点点头,若有所悟地说:"我们小区的门岗张爷爷就是一个善良的人。他虽然穿着朴素,相貌平平,但是他有一颗善良朴实的心。他经常跟我们玩,还给我们好吃的,比之前那个长得帅气的叔叔强多了。那个叔叔只知道训我们。"

孩子接着说,他们学校的清洁工李阿姨也是一个心灵很美的人。她每天都认真地打扫卫生,把地墩得一尘不染,把桌子擦得干干净净,而且还利用课余时间给他们讲故事。她还热心地帮助他们。上次王佳乐同学忘了拿水杯,想去水龙头喝冷水,被李阿姨发现后制止了,并且马上给她倒来一杯热水让他喝。还有刘昑同学不小心把衣服划了一个洞,李阿姨也耐心地为他缝补好。最后,儿子骄傲地总结说,虽然李阿姨做着打扫卫生的工作,但她却是一个内心很美的人。

儿子又自豪地说起了自己:妈妈,我上美术课时,主动把我的绿画笔借给了给王小凡了。她爸爸妈妈都在外地打工,没有人给她买彩笔。她用我的彩笔把小草都画成了绿色。我的小草虽然有一半是蓝色的,但是老师表扬我了,说我助人为乐,说我的画有创意。

儿子的话让我欣慰,他有分辨是非的能力了。不从外表看事物,不以貌取人,而且也努力在做心灵善良的人。

说到此,我想起了我的同事李晨。她很爱美,而且追求完美,可是有一次她却带了一个坏了的发卡。问之,才知道,李晨去朋友幼儿园看小朋友,遇到一个自闭症的孩子喜欢这个发卡,于是李晨就把发卡摘下来给孩子玩,结果就成了这个样子。这让我们对李晨肃然起敬。她不仅外表美丽,还有着比外表更美的内心。

一个人美不美,贵在内心,贵在灵魂。我们都要做一个内心纯洁朴实善良的人。

最真实的演讲

在本周五下午的业务学习例会上,进行的是爱岗敬业经验交流会,由几位老师代表作典型发言,就学校最近发的一本书《第56号教室的奇迹》作读后感交流汇报。

上台发言的几位老师,都围绕这本书,从不同的方面,不同的角度,阐述了自己的感悟和观点。他们引经据典,旁征博引,娓娓道来,很是精彩。可是到了马利老师的发言,却是另一番景象。

马利老师一坐在前面,就低着头,用手不停地捋额前的刘海儿,没说几句话,就抽泣,看上去特别的紧张和局促不安。台下不断地递去纸巾,她一边擦一边抽泣着说:"我很紧张……没经历过这样的场合……第一次在这样的场合下发言,真的很紧张,真说不成话……"她一遍又一遍地解释着,引得台下一片笑声。

"我是从2010年来到这个学校。刚来这儿,接了历史科目。这是新科,没教过。其他老师就鼓励我说,没事儿,多向老教师学习请教。我请教了很多老师,有李刚老师,张晓老师,其中最多的是史静老师。"台下一片笑声。史静老师周围更是喧闹起来。"我就问她问题。老问她，可史静老师也不嫌烦，一直都很耐心，不厌其烦地给我讲。"她从普通话一下子变成了家乡方言，又引得台下哄然大笑。"一开始，我带的班，成绩考得不怎么样，可我一直向史静老师请教。最后，也不知怎么地，我这两个班的成绩竟然还超过了史静老师。"引得台下一阵爆笑。"看，你把人家教得都超过你了。"很多人对史静老师打趣道。"可以后我再问史静老师，她还是依旧耐心地对我讲解……"台下大笑。

她已抛开稿子，开始跟大家进行拉家长似的谈话。很明显，她的神态一下子放松了很多。

"前一段时间，让讲公开课，我简直发愁死了。弄不成，不知道怎么讲。平时跟学生上课吧，还放得开，也觉得学生能听懂，学得也很好。可一有老师听课，我就不会讲了。我不知道该怎么定位，是给学生讲呢，还是给这一伙老师讲呢，我把握不好。再说这次要求用课件，我更是不会。侯蕾老师鼓励我说，没事的，大胆讲吧，你就当下面是一片小草……"又引发一阵爆笑。"张晓老师也鼓励我，让我放开讲，潘丽老师帮我作课件……"每提到一个老师的名字，台下就会响起一片笑声和掌声。"在大家的帮助下，我把课讲下来了。我很感谢这些老师们。"

"可能是觉得非专业的原因吧，老怕把学生教不好，于是整天看书学习，老坐着一个姿势不动。也由于自己懒，不运动，引起了腰间盘突出和颈椎病。我给大家提个醒，一定要注意锻炼，尤其是像姚刚这样的微机老师，一坐就是一天不动，很容易落毛病的。有句话说得好：做一个好老师不容易，那我要说，做一个女老师更不容易。男老师们不要抗议。"台下爆笑。"女老师，在学校要工作，回家还要管孩子，做家务。上有老，下有小，哪儿的心都得操到……"

"啰嗦说了这么多，也不知道说了些什么。总之，以后我们都争取把工作干好，把课上好，把学生教好。当然，也得把自己照顾好！"

马利的状态越来越放松,到了最后,全然没有了刚上台时的紧张与不安。

马利发言结束后,主持会议的刘校长说:"这是我们大家听到的最真实的一次演讲。虽然没看讲稿,虽然跑题了,虽然有点语无伦次,但是依然很精彩!"

台下响起了热烈而持久的掌声。

一元人民币

　　从济南参加完笔会，在火车站等车的时候，八岁的儿子喊着肚子饿。对面有一个小便利店。我索性拿出十元钱，让他自己去买吃的。过了有大约十五分钟，儿子一蹦一跳地回来了。左手举着一块雪糕，右手拿着钱，对我说："妈，给。这是剩下的六块钱。我花了三块买了一块雪糕，又用一块钱给山区捐款了。"

　　"捐款？别人让你捐的，还是你自愿捐的？"我问道。"我看到那儿有捐款箱，就捐了。妈，一元钱能让贫困山区的孩子买一个鸡蛋和一杯牛奶呢！"孩子天真可爱地说着。我的心灵被深深地震撼了。我拉过儿子，蹲下来，在儿子的脸上亲了一下，说："儿子，你真棒！你做得真好，你能主动为贫困山区捐款，妈妈为你感到骄傲和自豪。"

　　看着儿子小口小口地舔着手中的雪糕，我的眼睛湿润了。

　　儿子手中的三元钱的雪糕是整个冰柜里最便宜的东西，也是整个便利店里最便宜的东西。儿子买东西有个习惯。他会左挑右选进行比较，最后选出物美价廉的那件。还记着上次去超市，儿子在文具区选了半天，最后挑了两支笔两盒铅。结账时，其中一支笔的价码标错了，实际上要更贵些，他立刻退了那只笔，尽管儿子非常喜欢那支笔。我说，没事儿，都选半天了，买了吧。儿子一摇头说："不买了，那么贵。"

由于儿子的细心比较，他知道哪些文具店的东西又好又便宜。上次，儿子写作业，突然没铅了。我给了他五元钱，让他去小区里面的便利店买。可他却跑到小区外面的文具店去买。回来后，气喘吁吁地告诉我："妈，那儿的东西又好又便宜，同样的东西能比咱们小区便宜五毛钱呢。我这次买了一支笔两盒铅，节省了一块五毛钱，又够下次买笔用的了。"我的心里酸酸的，对儿子说："没事儿，儿子。咱不在乎那块儿八毛的。以后就在附近买吧，省得跑那么老远的路。""没事儿，妈。可别小看这一块钱，积攒多了，能有不少钱呢！"儿子认真地说。

儿子省吃俭用的习惯，使他不管在哪儿买东西，都是挑选物美价廉物有所值的东西。如果太贵了，他宁可不买。还记得上次走到一个肯德基店。"吃肯德基吗？"儿子高兴地点点头。当得知一个最便宜的汉堡也需要十块钱时，儿子的头马上摇得跟拨浪鼓似的，说着："啊，那么贵，够我买多少支笔了？妈，我不吃了。"说完就跑开了。

我们前天来济南的时候，在火车站便利店里，给孩子买吃的。儿子看看这个拿起又放下，看看那个拿起又放下，还时不时地撅起小嘴儿嘟囔着："啊，这么贵啊。"然后，把拿起的东西，又爱不释手地放下。最后，他把目光转向冰柜。"阿姨，这个雪糕多少钱一块啊？"孩子指着左排的雪糕问道。"最便宜的三块。从你手指的这边开始，往右依次贵一块钱……""噢……"儿子咂了咂舌头。最后要了一支三块钱的雪糕。

这次，儿子又买了一支三块钱的雪糕。我给他这十元钱够他买一小袋面包的。看着正小口舔着雪糕的儿子，我俯下身来问："你不是饿了吗？为什么不买小面包呢？"儿子不假思索地说："我本来是想买小面包的。可那样就没钱捐款了。""那你饿了，吃雪糕能饱吗？""没事儿，为了山区的孩子们能有鸡蛋吃，有奶喝，我就牺牲自己，先顶一阵子吧。"孩子摸着自己的肚子笑着说。我的眼睛再一次湿润。我被儿子的天真可爱感动了。

一元人民币，在当今经济腾飞的时代，是很微不足道的。可在孩子的眼里，这一元人民币很有价值。还记得爷爷当年下乡当乡党委书记时，那时的村干部经常天不亮就起来给老百姓家拉粪干活。那时乡里没有伙食，就轮流在农户家吃饭。这一天，轮到了二柱家。二柱家很贫困，没有菜可炒。就在这时，他八岁的儿子上学回来，从路上捡到了五毛钱。二柱媳妇就用这五毛钱，买了一把韭菜，给爷爷炒了一顿韭菜。直到现在爷爷每提起往事，眼里都会闪着深情的泪花感慨地说："那年月，人都实诚啊。那是我迄今为止吃到的最香最好吃的韭菜了。"是的。在那个贫困的年代，五毛钱的价值和真情是现在用五百元甚至用五千元都买不来也换不到的。

又想起我八岁侄子的事儿来。上小学二年级的侄子放学回家，手里拿着一块钱给了奶奶。问其情况，他说："我在操场捡到了三块钱。交给老师两块，还剩一块钱没交。"我问为什么。他委屈地说："我捡了好几次钱，都如实地交给老师。可老师既没有在班里表扬我，也没有写在教室后面黑板上的表扬栏里，更没发给我表扬卡。"孩子的心是善良的，是纯洁的。我不清楚他的老师到底是忘了，还是拿这些孩子上交的小钱另有它用。但是这对一个正在成长的孩子来说是很敏感的。我蹲下来，扶着侄子的肩膀，耐心地说："我们捡到钱，应该上交给老师，对吗？"侄子点点头。"我们拾金不昧是单纯为了受表扬吗？"侄子摇摇头。"拾金不昧是我们中华民族的优良传统。我也相信，你不会就是为了受表扬而去交钱的，是吧。钱是那些无辜的人掉了，我们捡起来上交给老师，这是对的。不管老师怎么做，我们首先要做好我们应该做的，不是吗？""知道了，姑姑。我下午上学就把这一块钱交给老师。""这就对了。"我向侄子伸出了一个大拇指的手势。

　　一元人民币，在如今，确实不算什么，甚至人们在大街上看到，连捡都不带捡的。但是这一元人民币所折射出的品德精神是无价的。如果我们能把这种品德精神发扬光大，那将会给国家和社会带来无穷的财富。

　　"妈，该检票了。"我从深思中回过头来，拉着儿子赶紧往检票口走去。此时，耳边又响起了那稚嫩又甜美的歌声："我在马路边，捡到一分钱，马上交到警察叔叔手里边。叔叔拿着钱，对我把头点。我高兴地说了声：叔叔，再见！"

有一种感动叫做被人关注

打开博客，看到消息通知："春天的脚步关注了你的博客，海阔天空关注了你的博客……"每当这时，总有一股暖流从心底油然升起。在茫茫的大千世界里，你我未曾谋面，却心有灵犀，你在世界的某一个角落关注着我，这种感觉是多么的幸福！礼尚往来，我也会进入对方博客观赏，并加关注。博客每天有很多人访问，在被大量评价和转载的同时，也被默默关注着。博客被人关注，我感动满满。

正在参加婚礼宴席，手机突然响起，避开觥筹交错，热闹嘈杂的酒席，躲到清静一隅，接通电话。是老师打来的。他高兴地向我报喜："《读者》又刊登了你一篇文章，写得不错呀！"听到老师的夸赞，很是激动。老师在百忙之中还能记着关注学生，这是多大的鼓励呀！被老师关注，我感激不尽。

闲暇时登上 QQ，好几条留言跃入眼帘："《新民晚报》又发你一篇文章。祝贺！""《广州日报》又发你一篇。恭喜！"几个或赞扬或拥抱或调皮的表情紧随其后，让人精神一振，备受鼓舞。他们知道我平时很忙，消息不太灵通，因此他们总是想尽办法，在第一时间把有关我的消息发过来。被朋友关注，我幸福满怀。

上班时，同事小李对我说："不错呀，领导夸你啦，说你工作认真，责任心很强，能力很高，把工作干得很漂亮。"我们领导是不轻易夸人的，甚至都不怎么跟人说话。如今能听到他在其他同事面前夸我，真是比吃了蜜还甜呀。被领导关注，我干劲十足。

大千世界，茫茫人海。在熙来攘往灯红酒绿的喧嚣世界中，有那么一处温馨静谧的港湾，不管你在或不在，都有人关注着你。这是一种幸福，这是一种感动。这种关注激励着我们鼓足风帆，勇往直前，再创佳绩。

被人关注，缩小了空间，拉近了距离，增加了感情，带来了帮助。不管你们认识不认识，也不管你们在哪里，你们都可以关注彼此，相互点赞。

被人关注的感觉，好温暖！

最美儿童节

儿童节要来了。儿子说要剪窗花送人。

只见他拿着一张已经"剪"成形的彩纸让我看。啊，太精彩了。刚刚还是正方形的彩纸变成了婀娜多姿曲折奇异的小窗花。

"是老师教的吧？""不是，我自己想的。"说后，儿子又把彩纸返回了两折，然后，剪了几下，撑开一看，啊，太神奇了。一个菱形的花瓣出来了。中间镂空的小孔，如阡陌交通的桑田，又如碧天里的星星，又如袅娜的花朵。儿子顺势把这个窗花对折一下。

"看，像什么？""蜘蛛侠。"儿子抢先说。儿子又把窗花对折一下。然后毕恭毕敬地对我说："妈，请喝茶！"还别说，太像茶杯了。儿子干脆把普通的作业纸折成正方形，然后再一一地对折。这样，一个又一个的窗花就诞生了，"妈，你看这个多像乘号……这个多像雪花……这个是爱心……"

儿子对着自己的作品兴高采烈地自演自说。忽而儿子不说话了，用小剪刀小心翼翼地剪着。那神情宛如雕刻家在精心地雕饰一件艺术品，那执着细心的姿态让他不能容忍有一点瑕疵存在。

"剪得那么好看，要送给谁呀？"我一直期待儿子"要送给妈妈"的答案，可没想到儿子竟认真地说："我要送给山区的孩子们。我今天学了一篇山区儿童的课文，他们生活很贫穷，很辛苦，我要把这些亲手制作的剪纸送给他们，让他们也过上一个愉快的儿童节。"

我的心被触动了。

我和儿子约定好，明天买些礼物连同这些剪纸一起快递给山区的孩子们。

老人与爆米花

瑟瑟寒风中,我走在下班回家的路上。因了天冷的缘故吧,路上行人稀少,萧疏荒芜的苍穹下只有风吹门市招牌的咣当声。走至贸易街北头时突然传来一声闷响,惊悸之余循声望去,看到一位老人在烹玉米花。

老人看上去有六七十岁,满脸沧桑的脸上沟壑纵横,头包一块白色毛巾,身穿一套过时很久的朴素的农民衣衫,脚蹬一双黑色布鞋,在深冬的寒风中,为大家耐心地烹制着玉米花。周围站着三三两两的人,有的已经烹好,吃着说着笑笑;有的还没有该着烹,便双手一揣,在一边等着看着;有的正在烹,则专心致志地盯着转动的锅炉,满眼期待着玉米花的出锅。这熟悉的场景瞬时在记忆中恍惚开来,小时候不经常看到有这样的老人在村里烹玉米花吗?

还记得那时,我小心翼翼地端着娘从家里挖好的一茶缸玉米,递给烹玉米花的爷爷后,便一蹦一跳地期待着神奇的玉米开出花来。那时只记着玉米花香喷喷的,脆脆的,甜甜的,味道好极了,至于玉米花是怎么烹制的,怎么出的锅,则没有什么印象了。

我走上前去，驻足观望。老人把刚出锅的玉米花倒进一个塑料袋里递给顾客，紧接着又开始烹下一锅了。只见他把玉米粒装进锅里，然后用钢管和扳子把锅头拧紧，再将爆米花机架在支架上，然后就开始摇着手柄，均匀地烧火了。旁边有一个风箱，老人一边拉风箱，一边摇手柄，红红的火焰把锅肚子映得火红锃亮通明，犹如新媳妇的脸，不胜娇羞。约么十分钟左右，老人看了看压力表说："好了。"然后老人站起来，仔细地检查一下布袋口是否扎牢，确认没有缝隙后，便大声吆喝一嗓子，"开锅喽！"只见大家都往后闪，快速地躲开，有些人还赶紧捂上了耳朵。老人见大家都准备好后，便一手提着手柄，一手用钢管套住锅头开关，然后将爆米花机放到套有铁皮和废轮胎的长布袋外口，左手按稳手柄，右脚踏住机膛，右手用力一扳，随即"砰"的一声闷响，霎时，一股白烟四散开来，炸开锅的爆米花便一股脑地涌向长布袋的尾部。人群里立刻响起一阵拍手叫好声。

一锅是一块钱，老人也就挣个手工费。大约十五分钟一锅，老人一晌不停歇的情况下也才挣上十二块钱。不知老人是否有儿女，是否有温暖的家，他在这萧瑟的寒风中，在这冰冻的大地上，用年迈的体力为大家送去一份温暖，一份甜蜜。

心中涌动着莫名的酸楚与感动，特别想去帮助这位老人，不为别的，只因了那张布满沧桑饱经风霜的脸……

交朋友

　　下午我正在电脑上写稿子,突然听见"当当"的敲门声。这个时候能是谁呢?家人都有钥匙。朋友来会打电话。即便是邻里本舍有事找,也会从楼下门口按门铃。何况我家又是在六楼,谁会爬这么高,来敲我家门呢?我怀着好奇心,透过门镜往外看。有两个陌生的小姑娘。"奇怪,这两个小姑娘来干嘛呢?"

　　我打开门。"你们好!"我送去甜美的招呼。"阿姨,你们家有小孩吗?我们是交朋友的。"其中一个个子高点的女孩说道。"交朋友?你们是哪儿的?谁让你们交朋友的?"我边问边打量着她俩。个子高点儿的女孩穿着一件粉红色的小连衣裙,扎着一个朝天的马尾辫。有些凌乱的头发前帘下,瞪着一双水汪透亮的大眼睛。五官很秀气,样子很可人。另一个女孩个头矮了一点,短头发。上穿一件白色小背心,下穿一条浅紫色小短裤。脸型圆中带方,一双纯洁的大眼睛透着俏丽可爱。

　　"我们是这个小区2号楼的。是我们自己想交朋友的。"

　　"那你们之前认识吗?"

"不认识，我们也是通过交朋友认识的。"

"你们是哪个学校的？多大了？"

"我是北牌的，我十二岁了。"高个女孩一脸纯真地说着。

"我是前进小学的。我十一岁了。"矮个女孩紧接着说。

"你们没上补习班吗？"

"上了。因为明天过大会，今天下午放假了。"

"噢，好的。我家有一个十岁的小男孩，现在练跆拳道去了。等他回来，我让他去找你们。"

"我们就在1号楼与2号楼之间等着。"

"几点呢？"

"六点半到七点半吧。我们这个时间在那儿。所交的新朋友都去那儿。"

"好的。"

送走两个可爱的小姑娘，我感慨颇深。眼前又浮现出儿子过星期天时无助而又渴望的眼神。"妈，送我回老家吧。老家多好，可以跟好多小伙伴玩。可以玩沙子，可以捉蝉，可以捉迷藏……在楼上一点意思也没有。除了看电视，就是玩电脑。"

是的，儿子孤独的心理反映了现在大多数独生子女的心理。同事刚从小院搬到楼上，向我们诉苦说，她家孩子一过星期天，就憋得发疯，非嚷着要再搬回小院去。

是的，现在孩子大部分都是独生子女。小区里同龄小孩本来就少，再加上又不怎么认识，平时也不来往，孩子也没个玩伴。不像在老家，一放学，孩子们把书包往家里一扔，就像离弦的箭似的飞了出去。直到吃饭时，才被喊回来。现在还记着吃饭前，各家大人焦急地呼唤自己孩子的声音。想想自己的童年也是一天天疯跑着玩。跟着小伙伴，玩各式各样的老祖宗留下来的民间游戏，如跳皮筋、踢球、蹦方、拾石子等。我们玩到天昏地暗，玩得不亦乐乎。那时的童年充满了乐趣和欢笑。

现在的孩子，虽然玩具多得都能开小卖店了，但还是无法弥补他们内心的空虚。早在网上看过有这样一个组织，好像是交换家庭什么的，我忘了具体的名称了。大致是这个意思，他们从网上结识好友，然后找出志趣相投的发出邀请，轮流到各家去住，让两个孩子共同学习共同玩乐。这一活动办得很火热。有很多家庭都竞相参与了进去。

为什么会有这种局面呢？以前孩子多的家庭，几个孩子在一块，尽管打闹哭笑，但也其乐融融，不觉孤单。而在乡下的孩子们，也能凑到一起，疯跑着野玩。唯独现在单元楼里的独生女子，没有玩伴，很孤单很寂寞。这是一个现状，也是一个不容忽视的问题。

两个小女孩发起的"交朋友"的活动很好，既锻炼了孩子们的交际能力，又让孩子们结交了新朋友，同时也给这些独生子女们营造了一个朋友之家的乐园。

小姑娘，你们是好样的！我不禁伸出大拇指，由衷地赞叹着。

不对称的美

　　六岁的儿子放学回到家后拿出美术课上画的水彩画让我看。这是一幅风景画，有瓦蓝的天空，洁白的云朵，绿色的树林，红色的花朵。在画的下面两侧是生机勃勃的小草。可是两边小草的颜色不一样。左面的小草颜色是绿色的，右面的小草颜色却变成了蓝色。我指着小草的颜色问儿子怎么回事。儿子自豪地说："我把我的绿彩笔给王小凡了。她爸爸妈妈都在外地打工，没有人给她买彩笔。她用我的彩笔把小草都画成了绿色。我的小草虽然有一半是蓝色的，但是老师表扬我了，说我助人为乐，说我的画有创意，"儿子撅起稚嫩的小嘴，顿了顿，充满骄傲地接着说："老师还说了，不对称也是一种美。"

　　同事李晨头上的发卡引来了我们办公室几个姐妹的围观。发卡两侧图案装饰不一样，很引人注目。"哎，你们看这两侧的装饰，这面的简单素雅，那面的璀璨明亮，相互映衬，各有特色，千姿百态，真是横看成岭侧成峰，远近高低各不同呀！""是呀，现在的小饰品厂家技术真高呀，想着法儿的生产别致商品，让我们的小晨妹妹越发亮丽多彩了。"大家你一句我一句地夸赞着。"谢谢你们的夸赞。但是这个发卡原本不是这个样子的。刚买来的时候两侧是一模一样对称的装饰。一次我去幼儿园找当老师的同学，看到有一个孩子不和别人玩耍，独自发呆，半天不说一句话，同学告诉我这个孩子患有自闭症。但是我发现她似乎对我头上的发卡很感兴趣，于是我便把发卡摘下来给她玩。她把一侧的装饰品抠掉了几个，就变成现在这个样子了。"我们仔细一看，还真有抠的痕迹。"哎，还别说，这样虽然不对称了，反倒更美了！"我们纷纷赞叹道。

邻居高大妈的儿子刘阳把女朋友带回来了。刘阳一米八的个头，阳光帅气，自己开着公司，很有能力。可刘阳的女朋友却让人大跌眼镜。个头不高，相貌平平，而且还没有工作。可高大妈却对这个准儿媳妇赞不绝口："我们小茜真是个打着灯笼也难找的好姑娘呀。她和我们刘阳是高中同班同学，成绩在班里是数一数二的，可是我们刘阳当时玩心很大，是班里让人头疼的差生。本来老师都放弃他了，可这小丫头却拼了命地帮助刘阳，硬是把一个即将掉入深渊的小伙子拉到了阳关大道上。后来两个孩子考入同一所名牌大学。毕业后，在小茜的鼓励和支持下，刘阳自主创业开办了自己的公司。而小茜出国留学后放弃了国外优厚的工作待遇，硬是回到我们刘阳身边来，做我们刘阳的坚强后盾。"高大妈无不自豪地说："人呀，不可貌相，你别看外表上他俩不咋般配，可内心两人是珠联璧合呢！"

为了成全他人，甘愿付出，默默无闻，不计所得。虽然因付出而造成了缺憾，失去了原来的对称，然而这种乐意奉献的不对称何尝不是一种极致的完美！

大爷，等一等

　　骑着自行车，走在街上，突见前面一老太太，不知在跟过路的行人说着什么。只见行人们都一个个扬长而去，毫不理会。我路过时，老太太焦急而又强带微笑地请求说："你追上前面那个戴黑帽子的老人，说他老伴在这儿等他。"看着一个个行人面无表情地疾驰而过，我一面骑着自行车，一面想：这么多人，都不帮她。我帮她不帮呢？边想着，边下意识地向前看，哪有戴黑帽子的老人啊？于是我就猛蹬了几脚车子。突然，一个戴黑帽子的老人进入我的视线，他正骑着车子往前走。
　　老太太那张充满焦虑的脸庞在我眼前闪过。"我一定要追上他。"于是，我使劲地蹬着车子。可就在这时，只听"咔"的一声，车子停了。由于我蹬得过猛，车链子断了。真是坏的不是时候。路边也没有修车子的。眼看着老人越走越远。我索性把车子扔在街边的墙角，跑着往前追了去。一向不爱运动的我，使出浑身的力气，跑得气喘吁吁，径直往前奔。"大爷，您停一下……"我边跑边喊。大爷没听见。"大爷，您停一下……"我一次又一次地喊。过路的行人和街边开门市的生意人，看着边跑边喊的我，有的在笑，有的在议论。

"帮她喊！"不知谁喊了一声，于是人群里响起了"大爷，您停一下……"的喊声。声音越来越多，声音越来越大。大爷终于停住了。回头看着已经跑到他跟前，累得直不起腰说不成话的我，急促地说："你是喊我吗？怎么了，丫头？我还有事儿，我老伴走丢了，我急着找我的老伴呢，你要没事儿，我先走了。"大爷说着就往前走。"大娘……她……她……在……那儿……"我上气不接下气地往前走，回头指着老太太的方向。"原来你是给我捎信的啊。谢谢你了啊，小丫头，我老伴她迷路了。我正在到处找她。可能刚才我找她的时候，她看见我了，我没看见她。也可能她喊我，我耳朵不好使，没听见。谢谢你，那我走了啊……"老大爷说着骑上车子，飞速地往老大娘的方向驶去。

围观的人群中立刻响起一阵热烈的掌声。"你就这样一路跑着追过来的？"有人问道。这时我才想起坏了的车子。"车子坏半路了，我去找去。"说着，我轻快地朝车子方向跑去。

更向《论语》觅知音

  我读《论语》，起步晚矣。而立将半，始捧读之。虽然以前也零零星星地知道些句子，但大都是上学时课本上的三言两语，抑或是闲暇之余在杂志报刊上浏览到的只言片语。从头至尾，细细读来，还未曾有过。虽对《论语》向往已久，早就想以求饱读，以解饥渴，可无奈琐事缠身，无暇顾及。即便有零碎时间，也难求得宁静之隅，静下心来仔细阅之。今获暑假闲暇，难得求哉，便手捧《论语》，潜心研读。

  此时真如苏老泉读书，犹悔迟了！我如井底之蛙，焉不知世界之大，海阔天空。我在内心一遍又一遍地责问自己："如此文学瑰宝，我以前怎么没学？我早干嘛去了！"光阴在万事蹉跎中流去。"逝者如斯夫！"追悔晚矣！正如印度诗哲泰戈尔所说："如果你因为错过太阳而哭泣，那么你也将错过星星了。""往者不可谏，来者犹可追。"唯有抓住当下，刻苦学习吧。

  我不知师辈学者们是如何学论语的，反正我是拿出了上大学时学习本专业外语课程的刻苦劲头来学习的。我不知正规学论语到底需要多长时间。我见有的小学生在学《论语》，中学生在学《论语》，甚至大学生还在学《论语》，可见《论语》的学习是贯穿整个学习过程的。可我现在因起步晚，等不得循序渐进的方式去学了。

我真想把《论语》从头到尾一气呵成，一下子读下来。可是若一日看尽长安花，那也只能是走马观花浅尝辄止，与我要精读《论语》的志向也就背道而驰了。

故唯有沉淀心性，仔细研读。我每天铆足了劲，认真读。每句话都要反复咀嚼回味，然后"口而诵，心而惟"。如此每篇有大约二十多节内容，要研读每句话的意思，弄懂弄透需要一定的时间，然后我再写下来。因此每天策马扬鞭，也只能读上两篇。如果再读下去，则浅尝辄止，印象不深了。再说，头脑也有点晕胀，需要休息调节下。剩下的时间，只能用来消化理解。虽深知"欲速则不达，"但我真想多学点，有时一天也憋着劲，读上三四篇，头则昏昏然。当然，在放松休息的时间我也会学习其他的书籍来代替。如斯乎，每天学《论语》，每天读《论语》，如此坚持研读十天有余，终于读完了《论语》。但我只能说是读完。倘若要真正地消化理解，那恐怕还需要很长的时间。

读罢《论语》，掩卷深思，感悟颇深，百感交集呀！

《论语》中所提倡的观点和道理都是朴素的，朴素的从我们生活中来，又到我们生活中去，是非常切合实际的，让人读了很受启发。很佩服二千五百年前的古圣先贤们就能总结出如此深刻如此实用的道理。这些礼仪礼节在我们当今都是很实用的。这也是我们所缺乏的。我们如果能在生活和工作中践行这种礼仪原则，那我们的社会将是温馨和谐的。有人说，现在的世道变了，领导不像领导，员工不像员工，爹不像爹，儿子不像儿子，这不正好验证了《论语》里的"君不君，臣不臣，父不父，子不子"吗？我们如能做到孔老夫子所说的"君君，臣臣，父父，子子"，那还会有奇形怪异的事情发生吗？不是世道变了，是我们的心不净。社会发展了，物质水平提高了，但我们的精神心灵没有提高，我们的仁仪道德没有跟上。"君子务本，本立而道生。"我们连自己最基本的最应该做的"本"都"务"不好，还如何有仁，如何有道？我们现在的生活太需要《论语》的指导和教育了！

　　《论语》是我们的根，我们的本，是我们立足之地的坚实根基。"君子敬而无失，与人恭而有礼，"时刻以"克已复礼"来提醒自己，脚踏实地地仰望星空，我们的大家庭岂不温暖友爱？我们的生活岂不和谐美好？如斯乎，文明礼仪的社会不就在我们身边吗？

向孟子学习积极心理学

　　积极心理学是对传统心理学的补充,是让心理学平衡发展的运动。传统文化跟西方积极心理学结合起来,让我们看到了我们中华文化的博大精深。积极心理学不是舶来品,我们的圣人先贤早在两千三百多年前就已经给我们留下了宝贵的积极品德和思想的财富,给我们树立了中华文化的根和魂,植根于我们每个人的内心。我们的父辈祖辈等有很多人一直在用积极教育的思想和理念去践行生活,虽然他们没有学习心理学,甚至不知道自己所做的行为就是积极心理学的范畴,但是他们一直在用这种思想去做事,这就是老祖宗留下来的积极品质、积极情绪、积极关系、积极意义等方面的思想和理念在无形中浸润着他们的心灵,指导着他们的生活和工作。所以我们要学习我们的优秀传统文化,学习我们中华文化中本来就有的传统美德。向孟子学积极心理学,让我们看到了我们祖先身上的优秀美德。西方积极心理学中提出了二十四种积极品质,而我们孟子五大类思想也涵盖了我们中国人的二十五种积极美德。我们要把这些美德激发出来并传承下去,发扬光大。

向孟子学积极心理学，我们要学习他什么？就像心理学家讲的，我们要学习孟子三个方面，一是学习四书之一《孟子》这本书；二是学习孟子这个人，他有极高的自我管理的能力；三是学习孟子文化。孟子有很多值得我们学习的地方。我想从五伦关系和四端说起。

孟子的五伦关系是：父子有亲，夫妇有顺，同事有义，长幼有序，朋友有信。其实我们每个人的一生都是在关系中完成的。你有什么样的关系就决定着你有什么样的人生。人生就是由各种各样的关系构成的，总结来说就是上面所说的五伦关系。只有把这五伦关系处理好了，我们才能生活得开心、快乐、幸福。然而我们在生活中很难能做到关系的圆满，关系不圆满就会有缺口，就需要我们去修复去圆满。生活即关系，要与每个人建立积极的关系，关系建立好了，有了良好的关系，事情就好办了，即使是难办的事情也能春风化雨，很好地处理解决。但是如果关系没有建立好，没有良好的关系，那即便是好办的事情可能也会生出很多旁枝末节来阻碍我们的行程。所以，建立良好的关系很重要。我们的老祖先就在关系这方面给我们树立了很好的典范，也做出了明确的指引。

父子有亲，父子之间要有良好的关系，这决定着一个家庭的传承是否合谐。父母与孩子之间有着血浓于水的血缘关系，父子有亲，父慈子孝，孩子才能健康地发展，家庭和谐，才能美满幸福。然而我们现实生活中有多少父子不亲，孩子叛逆，亲子关系不和谐这样的事情？有很多人因为孩子不听话，跟孩子之间相处不好，没有良好的亲子关系而苦恼。所以，目前教育孩子的问题是一个大问题。父母的良好品格，父母的积极情绪，父母的人际关系等都对孩子有着极大的影响。现在有很多孩子出了问题，背后的实质原因，不是孩子出了问题，而是我们家长出了问题，可是有很多家长还意识不到自己问题的存在，还在一意孤行地，急躁迫切地找孩子的问题，打着教育孩子的旗号把孩子送到各种各样的教育机构心理机构,殊不知最需要解决的是自己的问题。源头的问题不解决,孩子的问题是解决不了的。我们作为家长,首先要去提高自己,不断地学习,不断地成长,不断地提高自我,只有当我们成长了,提高了,孩子才会跟着成长提高,否则我们一旦跟不上孩子成长的节拍,孩子就会出现问题。

夫妇有顺,更是关系中非常重要的关系。这里的夫妇有顺不是谁听谁的,不是谁在前谁在后,而是夫妇之间的关系不管是怎样的序位,他们之间是要通顺的,是要顺畅的,是要畅通的,是要和谐的,是要亲密的,是要尊重的,是要你中有我我中有你的,是要心心相通,和谐一致的。我们现在的关系中容易出现问题的就是夫妻关系、亲密关系,这也是一个家庭中非常重要的关系。夫妻关系也可以说是所有关系的源头,其它关系没有处理好,很多原因是在于夫妻关系的问题。只有夫妻关系亲密关系顺畅了,亲子关系也才会健康和谐,其它关系也才会顺畅发展。但是现在很多夫妻关系出现问题,那就需要双方去努力和解搞好夫妻关系。双方要互相理解,互相沟通,互相学习,互相提高,互相影响。千万不能同在一个屋檐下,同在一张床上,同吃一锅饭,还你挤兑我,我挤兑你,唇枪舌剑,刀光剑影,如此相互伤害,还不分开,那无论是对彼此双方还是对孩子,还是对这个家庭都是一个致命的伤害。所以,要夫妻关系和谐融洽,家庭生活才能美满幸福,才能父慈子孝,才能幸福安康。要建立良好的夫妻关系,里面又涉及到很多方面的内容,比如要了解各自的原生家庭,要学会接纳,要学会融合,要学会形成新的属于自己的家庭文化。要懂得关系的序位法则,懂得排序,懂得如何处理好父母关系和夫妻关系、亲子关系和夫妻关系之间的问题,遵循序位法则,各自站到应有的位置,让关系更加圆满顺畅。

在所有关系中,最重要的也就是父母关系、夫妻关系和亲子关系了。而这三种里面最重要的就是夫妻关系了。而五伦中其它的关系,也有着很要的影响。同事有义，长幼有序，朋友有信，也都是生活和工作中很重要的关系，是我们生活的立足之本，要懂得仁义、尊重、道德和信义，处理好这些关系，我们的生活才会圆满顺畅，美满幸福。

西方积极心理学之父塞利格曼提出了幸福核心五元素，PERMA，即积极情绪、投入、关系、意义和成就。只有我们带着积极情绪，全身心地积极地投入进去，与当下发生深入的链接关系，去享受过程带来的美妙，我们也就会产生福流的感觉，从而也就会体会到意义和成就的价值所在。

孟子提出了仁、义、礼、智四端学说。孟子的"四端"对应着四心："恻隐之心，仁之端也；羞恶之心，义之端也；辞让之心，礼之端也；是非之心，智之端也。"仁、义、礼、智四端再加上一乐，是五个方面的品德，每个方面又细分出五种美德，我们就看到了我们传统文化的二十五种优秀美德。韦志中先生写的《向孟子学习积极心理学》这本书里也对仁义礼智做了很详尽的阐述。

仁，孟子提出了仁政思想，性善论。这里面有"仁者无敌""乐善不倦""化雨春风""赤子之心""天时地利人和"等故事，包含着五种积极美德。我们要行善，要做好事，要用榜样去影响他人，要有赤子之心，要有人和。

义，通过对"浩然之气""大丈夫精神""舍我其谁""羞恶之心""为人准则"等故事的解读，我们看到了这里面包含着五种优秀美德是浩然之气，要以直养之；要有担当的精神，舍我其谁；要有羞耻之心；要做到心悦诚服；要有诚信。

礼，从"好为人师""子路问过则喜""老吾老，幼吾幼"等故事中，我们看到了这里面的五种优秀美德是要谦虚；要懂得尊重；要学会灵活变通；要守规则；要讲礼仪。

智，在"苦心志、劳筋骨、饿体肤""一曝十寒""五十步笑百步""穷则独善其身，达则兼善天下""反求诸己""鱼与熊掌，舍生取义"等故事中，我们看到了这里面的五种优秀美德是要懂得积极的思维转换，要有坚持的能力，要有大我情怀，要时常自省，反省自己的不足，及时改正提高，要懂得合理的选择，要学会智慧的选择，懂得取舍，有舍才有得。

乐，在"君子三乐""与民同乐""五伦之乐""左右逢源""乐道忘势"等故事中，我们看到了这里面的五种优秀美德是要有良好的人际关系，要有内心世界的和谐，要有人生价值的追求；要懂得分享；要有五种良好的人际关系；要不断地学习，注重自我成长自我提高；要积极地投入，做有意义的事情，从而去享受福流的快乐。

在学习孟子积极心理学中，心理学家还提到了四种积极心理学技术，分别是积极情绪，积极品质，积极关系和积极意义。那要做好这四种技术可能通过很多不同的形式，也有很多不同的载体，我们通过做积极心理学技术让大家去体验，在体验中去感悟，去发现，去觉察，去警醒，去提高。总之，积极心理学就是激发我们内心潜在的正能量，激发我们的积极品质，培养我们的积极情绪，转化积极的意义，撤销不良的情感体验，用积极的品质去引领我们走得更高更远！

我们向孟子学积极心理学，去发现我们内在的积极品质，培养我们积极情绪，优化我们的人际关系，进行积极意义的转化，向内去探索自我，找到我们内在的那颗善良的种子，找到我们的赤子之心，养足我们的浩然之气，培养我们的大丈夫精神，有担当、有责任、有善心、有诚信，把老祖宗留下来的中华文化的优秀美德，植根于我们每个人的心中，内化于心，外化于言，做一个有浩然之气的中国人！

第四辑　倾听花开的声音

和儿子相约在唐诗

"晚风吹行舟,花路入溪口。"周末下午儿子写完作业后,我带着儿子去公园游玩,此时天色已晚,当我们泛舟湖上,春风拂面,波光粼粼,我随口呼出这样的诗句。"妈,这句诗的意思我知道,就是晚风吹拂着小舟前行,一路春花撒满了溪口的两岸。"我点头微笑,接着说:"潭烟飞溶溶,林月低向后。"儿子抓着脑袋,陷入沉思。我便趁机告诉儿子,"这句诗的意思是水潭烟雾升腾,一片白白茫茫,岸边的树木和明月在往后与船逆向行走。"儿子一拍脑袋,豁然开朗,大叫道:"哦,我明白了!"然后儿子接着跟我说,"妈,我也想起一句,"儿子兴奋地说道,"行到水穷处,坐看云起时。还有一句,"儿子紧接着说,"闲云潭影日悠悠,物换星移几度秋。"我很是欣慰。

几个月前,我跟儿子约定一起背唐诗宋词国学经典,儿子还有些不乐意。儿子刚上初中,作业很多,要背诵的任务也很多,晨读课的时间根本不够用的,我再给他加这么一项额外背诵的任务,他当然不乐意。但是这些古圣先贤们留下来的文化瑰宝是非常珍贵的,是需要青少年们去学习和传承的。少年智则国智，少年强则国强。必须想办法让孩子去学去吟诵。我知道硬来不可取，还是得想个迂回的办法。首先让孩子爱上诗词，爱上传统文化。于是，我每天跟儿子相处的时间都会自己读上几句诗词，并说出诗的意思，然后反复品味，一幅陶醉的样子。

　　时间久了，儿子也渐渐受到熏陶，当我刚说出上一句诗时，他就会接出下一句。"荷叶罗裙一色裁，芙蓉向脸两边开。"儿子会马上接道："乱入池中看不见，闻歌始觉有人来。"宋词儿子也接得很顺溜，"无意苦争春，一任群芳妒。"儿子马上接道："零落成泥碾作尘，只有香如故。"看着儿子渐渐上钩，我故意说一些儿子不会的诗句，然后让儿子接，儿子自然接不来，我便趁机说道："多美的诗句呀，你竟然接不上来。唉，遗憾呀。"然后我故意把下面的诗句用高调拖着长腔说出来，儿子看着我陶醉享受的样子，一声不吭地回书房看书了。无意中，我发现孩子读的竟然是唐诗。

　　好，儿子已经上钩，我还要在钩上多放些鱼饵，增加儿子学习唐诗宋词的成就感。一过周末，我就带儿子出去游玩，每到一处，我就会根据相应的情景说出几句诗来，儿子也很有同感，有时竟抢先我一步说出应景诗句，我便为儿子点赞。当我们登泰山时，儿子会说出"人事有代谢，往来成古今。江山留胜迹，我辈复登临……""岱宗夫如何，齐鲁青未了。造化钟神秀，阴阳割昏晓……"当我们去孔庙时，儿子会说出"夫子何为者，栖栖一代中。地犹鄹氏邑，宅即鲁王宫……"当我们看到暮色村庄时，儿子会说出"渡头余落日，墟里上孤烟。"……所行之处，儿子都能发出相应的感慨。

　　儿子已深深地爱上了古诗词，爱上了传统文化，爱上了美好生活，爱上了大好河山！

让儿子做导游

　　暑假期间，带着即将上初中的儿子出去游玩。心向往之，行必能至。游览山山水水，走遍亭台楼阁，如置身画卷般，心旷神怡，流连忘返。但虽是饱览陶醉于美景，心中却未免有些遗憾。因为游客甚多没有请上导游，我们对每个景点的历史典故、文化渊源也不甚了解，只能看景点上的一些简介，但也只是略知皮毛。我们走马观花般匆匆一瞥，浅尝辄止，云里雾里，眼花缭乱。归来后，诸多美景便如浮云般，游走远方，烟消云散。

　　旅游一圈，除了留下些照片作为美好回忆，其它竟没有什么可记忆。这样可不行。一个地方之所以美好，除了秀丽景色之外，重要的是因历史赋予了她厚重的文化底蕴和内涵。就好像一个美女，除了倾国倾城的佳容之外，还有着"腹有诗书气自华"的高贵气质和博学多才的独特气韵。我们必须要了解所到之处的风物人情。

　　我决定要把走过的景点加以回顾温习，搜集资料了解历史典故，让景点永存在心中，也不枉曾到此游览过一回。没想到儿子也正有此意，于是我们一拍即合。儿子是地理和历史爱好者，自小就痴迷于地理和历史，读了有关的大量书籍，对地理山川、地名方位、历史人物典故等有一定了解。因此，儿子研究起名胜古迹来是如鱼得水，悠哉游哉！

把我们去过的景点一一搜集详尽后，儿子认真地把这些资料整理记录到一个笔记本上，还美名其曰"小崔导游"。我一看来了兴致，便把相机上所拍的照片打开来看，让儿子对照着给我讲每张照片景点的历史典故。我们犹如重返故园，置身于名胜古迹中，感受着中华文化的博大精深，赞叹着历史人物的丰功伟绩。还别说，经过儿子这么一讲解，这个地方的景点立刻鲜活起来，不再只是单单一桥一石一草一木，而是有血有肉的历史情怀，有情有义的肝胆相照，泪湿衣襟的儿女情长……

我鼓励儿子把我们即将要去的地方也搜集好资料，整理在导游本上。儿子早已兴致勃勃地去做了。

晴空万里，凉风习习。趁着暑假的尾声，我和儿子又踏上了游玩之旅。这次我们不再那么匆忙着急，而是静心优雅地欣赏着每一处风景，每到一处儿子都会给我讲解这个地方的风土人情，人文历史等，儿子的记忆力真好，都是自己复述下来的，而且讲得绘声绘色，深深地陶醉于故事之中。欣赏着眼前景物，享受着儿子的讲解，如醍醐灌顶，茅塞顿开，原来我们所熟知的一些历史故事就发生在这里，那些羽扇纶巾的英雄们仿佛就在眼前！令我不由得肃然起敬，感慨万分！

这次旅行，我和儿子不仅大饱眼福耳福口福，还收获满满，满载而归。收获的是知识和梦想，载来的是情怀和希望！

让儿子做导游，真好！

和儿子一起去书店

和儿子一起去书店，儿子直奔少儿读物区。我在文学区选了几本喜欢的书籍便去找儿子。只见儿子坐在旁边的桌子上，正津津有味地阅读呢。走近一看是彩色版的少儿故事读本。看着儿子认真陶醉的样子，记忆又把我拉回到了我的童年时代。

那时我上小学二年级，认的字还不多，但我特别渴望读书，当时的条件很差，除了读课本外，再无别的书可读。我见了有字的就读，比如写在墙上的标语，包东西用的报纸等，甚至物品说明书我也不放过。但我真正的阅读是从小画书开始。

我们对过胡同里有一位张大爷，他当时卖一些书，但他不在我们村卖。因为我们村人少，而且不富裕，肯给孩子买书的家长几乎没有，所以我很少能见到他。爹看到我读书的劲头，便在一天晚上领着我去了张大爷的家里。张大爷拿出一个包袱放到床上打开，一看里面全是书。我一下子惊呆了，各式各样的书都有。有教学书、辅导书、故事书，还有色彩鲜艳的小画书。小画书有两种，一种是小型的蒙肯纸的小画书，厚厚的一本，黑白插图，下面配有文字，一本一个故事。一种是比现在的学生课本短些但宽些的小薄本，全是彩色插图的铜版纸，感人的文字配上精美的图画让人浮想联翩。

我捧起一本小画书，爱不释手。这些书真是太好了，依稀还记得有：神笔马良、梁山伯与祝英台等。我深深地陶醉在故事中。还记得每本的定价是八毛钱，但这在当时来说也是很奢侈的。爹跟张大爷说话的功夫，我也不放过，一口气读完了一本小画书。临走的时候，爹让我买两本书，我挑来选去，哪一本都不舍得扔下，张大爷仿佛看出了我的心思，笑着说："这闺女这么爱看书，我送给闺女两本。""这哪能行？大哥，您干个小本买卖也不容易，这可不成，我不能让你送。""那行，让闺女挑吧，多挑两本，我给你按进价。""挑吧。"爹对我说。我像得了赦令一样，在恋恋不舍中选了五本小画书。大爷只收了两元钱。我如获至宝，回家后，我小心翼翼地翻阅着小画书，如饥似渴地读了起来。我还时不时地把鼻子贴在纸张上，使劲地嗅上面散发出来的墨香味。

也就是从那时起，我爱上了阅读，连试卷中的那些阅读理解的文章我都会读上好多遍。后来，生活条件好了些，我逐渐读到了一些作文书和课外书。读书丰富了我的生活，开阔了我的视野，提升了我的素养，直到现在阅读仍是我每天必不可少的必修课。

看着孩子沉浸在阅读中，我欣慰地笑了，我也相信，阅读会伴随儿子的成长，给儿子带来无限快乐。

教孩子学会分享

"我家儿子可把我脸丢尽了。今天邻居王大妈带着小孙女来我家串门。儿子正在津津有味地吃零食，我让他给小女孩分些吃，可他不肯。我抓了一把给了小女孩。可谁知我儿子不干了，把零食一扔，冲我撒起泼来。唉，我们家儿子任性惯了，平时买了好吃的都让他一个人吃，他也从来不知道跟别人分享。"同事李姐抱怨着自己的儿子，显得束手无策。"所以呀，我们不能让孩子吃独食，要让孩子学会分享。这首先要从我们家长做起，给孩子买了东西吃，先咬一口，即使你不想吃也要这么做。"被我们尊称为"知心大姐"的王姐缓缓道来。

王姐给我们讲了她家女儿的故事："我家小西从小我就教她有了东西要与别人分享。学会分享，首先从吃做起。每次给孩子买了吃的，我都会先咬一口。久而久之，孩子形成了习惯，买了好吃的，都要先送到我的嘴边，高兴地说'妈妈吃'。推而广之，女儿也会把她的好东西与别人分享。我们做家长的要记住，不能让孩子吃独食，要让孩子知道与别人分享是一种快乐。"

婆婆前天过来看孙子，对我抱怨说："咱家小星这样可不行呀。招引了大堆小伙伴来家里玩不说，什么好吃的好喝的都给别人了，所有的玩具也都分给大家玩。小伙伴们可乐了，愿意吃什么吃什么，愿意玩什么玩什么，几个孩子闹翻了天，把玩具扔得到处都是。小星可好，还乐呵呵地笑呢，好像这些东西不是他的一样。咱家小星这样大手大脚的，没点自我观念，那以后还不让人给骗了呀！"我笑着安慰道："不会的，您多虑了。您的好意我理解，但是让孩子学会分享，这是对孩子品质的培养。等以后走上社会不仅不会吃亏，还会赢得尊重。妈，您说不是吗？""也是哈。"婆婆若有所悟地说，"我最讨厌那些自私自利的人了。想必那些人是从小吃独食吃惯了。还是你说得对，要让孩子从小学会分享。"

　　家长是孩子的引路人，不要让孩子吃独食，教孩子学会分享。如此，我们的社会上才会有更多坦荡无私，乐于助人，团结互助，顾全大局的人。

该放手时就放手

在清华大学学习期间，我们利用课余时间参观清华老校区。到了清华学堂和大礼堂，同学们都在兴致勃勃地观看这既肃穆庄严又具有古典风格的红砖青瓦特色建筑，并赞不绝口地惊叹：在这里，能跟梁启超、王国维、陈寅恪、赵元任等先哲大师们在一起学习，是何等的骄傲和自豪！可是，就在这时，大礼堂前面的一幕，深深地吸引了我的注意力。

一位年轻的妈妈倚靠在大礼堂正门前的栏杆旁。在大礼堂下面的小广场上，有一个身穿红色衣服，身材娇小，看上去只有五六岁的小女孩，戴着头盔，踩着滑冰车，正在滑冰。这时，只听见远处的妈妈对女儿说："我是让你滑大圈。这个圈太小了。你绕着西边的台墩滑过去。"妈妈边说边比划着。

"是这样吗？从这儿到那儿吗？"小女孩滑过妈妈的旁边时，一边滑一边认真地问。

就这样，小女孩按照妈妈说的，滑的圈越来越大。妈妈就那么在远处静静地看着，一幅漫不经心的样子，丝毫不去理会：在这又光又滑的广场上，如果女儿摔倒了怎么办？在这众人熙攘的广场上，如果别人把女儿碰倒了怎么办……

眼前不由得又浮现出另外一幕：八岁的小明上学之前，妈妈给穿好衣服，爸爸给戴上帽子，奶奶给背上书包，爷爷给拎着水杯子。出门没几步，又得爸爸抱着。吃饭时，奶奶左尝右尝，看饭烫不烫，凉不凉；爷爷左品右品，看菜咸不咸，淡不淡。出门游玩时，不是爸爸扛着，就是爷爷背着，偶尔站立在地上，也会出现这样的声音："哎哟，我的小祖宗哎，人这么多，你可不能自己走，让人把你给碰着了……"

无独有偶。在上学的路上，正值上班高峰期。在右边行人的过道上，我看见这样一幕：一位穿着黑色大衣，看上去很有风度的中年男子，正步履匆匆地往前走，身边跟着一个看上去七八岁左右的小男孩。他穿着厚厚的棉服，右手拉着一个行李架，架上放的不是行李箱，而是一个鼓囊囊的大书包。小男孩一边走，一边吃力地拉着行李架，而旁边的爸爸丝毫不去理会如拉纤绳一样的儿子，只管自己往前走。

清华大学继续教育学院张牧寒研究员在给我们上课时，讲了他和女儿的故事。

他每周六晚上都要送四岁的女儿去学芭蕾舞。有一次外面飘着大雪，女儿穿得很厚，衣服鼓鼓的像小企鹅一样。舞蹈学完了到了孩子们穿衣服的时间。这时候，陪同孩子的人员不止一个人，有爷爷、奶奶、外公、外婆、爸爸、妈妈等。全家五六个大人围着一个小孩转。有帮穿衣服的，有帮戴帽子的，有帮穿鞋的……而张牧寒研究员则静静地站在女儿的身边，揣着胳膊，默默地看着女儿自己一个人费力地穿着衣服，笨拙地系着扣子。尽管女儿也有抱怨，但张研究员只微笑着说了一句话："爸爸很高兴，全场这么多人，你是唯一的一个自己穿衣服的人，我真的为你骄傲！"

还有，女儿两岁时，他让女儿爬小区里的肋木架。当时可把围观的人和过路的行人吓坏了。一开始，他陪着女儿一阶一阶地往上爬，一直爬到顶端要翻过去的时候，女儿害怕了。可张研究员什么都没做，只说了一句话："我会保护你，我就在你身边。"看着女儿成功地翻过胁木架，围观的人们都长出了一口气。

  清华大学，全世界知名的高等学府之一，在如何教育孩子问题上，给我们做出了很好的表率和榜样。

  我们家长都倾其所有给孩子最好的待遇，物质上应有尽有，衣来伸手，饭来张口；事情一切代办，能力上一切代包。殊不知，我们正在把一只羽翼渐丰试出窝飞翔的小鸟，从窝边拽了回来，让他在不受风吹日晒的小窝里，安逸不劳地等着喂食，致使他的羽毛逐渐退化，最后连飞都不会了……

  我们是应该给孩子暂时的呵护还是长远的滋养？"授人以鱼不如授人以渔"。该放手时就放手，给孩子学会独立做事的空间，让孩子感受春夏秋冬的季节变换，品尝生活的酸甜苦辣，就像刚出窝学飞的鸟儿，虽然会碰得头破血流，最终还是会在广阔的天空里自由驰骋，翱翔……

让儿子做家长

　　九岁的儿子被评为学校的"孝心少年"。他在个人事迹材料中这样写道："我知道妈妈很辛苦，我是家里的小小男子汉，我帮助妈妈做家务，是我应尽的责任和义务。我六岁时，就开始学着自己洗衣服。我经常帮助妈妈干家务活。擦桌子，扫地，刷碗等，我都干得不亦乐乎。我帮助妈妈可以给妈妈带来快乐和感动，这也愈发让我懂得帮助妈妈。"

　　儿子的确如此。记得有一次，我刚从学校回来，一进家门，就感觉头晕发困，躺下就睡了。儿子煮好了挂面，炒了一盘茄子，（菜炒得不太熟，酱油也放多了，黑乎乎的。）儿子喊我吃饭，我有气无力地说，不吃了。儿子跑到我跟前，关心地问我怎么了。我说浑身无力不舒服，让他把体温表拿来。儿子赶紧把体温表递给我，一量38度。"呀，妈妈发烧了。我发烧时，您给我喝安瑞克。"儿子若有所悟地跑到放药的抽屉里找出一包安瑞克，倒了一杯水，拿了小勺，学着我给他喝药时的样子，把安瑞克倒在小勺里，再舀上水，让药剂融化。他还小口小口地吹着小勺里的药水，然后送到我的嘴里。我喝完药，睡着了。醒来时，发现儿子就坐在我床边的小板凳上，头一栽一栽地直打瞌睡。看到我醒来，儿子高兴地说："妈，您好点了吗？我困得不行，也不敢睡。"说着把小手放到我的额头上，又不放心地用他的额头碰了碰我的额头，然后笑着说："嗯，不烧了。"我紧紧地抱住儿子，泪眼模糊。

　　丈夫常年在外地工作很少回来。家里就剩下我和儿子。我是一名中学英语教师，还当着班主任。工作很忙，整天起早贪黑，一天天忙得连轴转，根本就没有时间管孩子。记不清有多少次，我去上课，把儿子一个人扔在家里，任凭他大声哭喊："妈妈，我听话，我要跟着你，你让我干什么，我就干什么，别把我一个人扔在家里……"我虽然脸上流着泪，可依然坚定地碰门而出，剩下幼小的儿子独自一人面对着空荡荡的屋子嚎啕大哭。尤其是晚上，我要去学校上晚自习，还要值班查宿舍，到晚上十一点才能回来，儿子就在孤独害怕中等着我。在这样的环境中，儿子早早地学会了独立。

　　我常跟儿子说："咱家里，你爸不在家，你就是小小男子汉。你就是家长，你要照顾好妈妈，照顾好这个家。"还记得第一次让儿子刷碗的情景。吃完饭，儿子像往常一样，把碗一推，准备离开。我温和地说："家长大人，吃完饭了，接下来干什么？"儿子疑惑地看着我："写作业呀。""谁刷碗呀？""家长呀。""那好，您是家长，您刷碗。"孩子知道中计了，笑着赖账不刷。我就晓之以情动之以理地说："我今天很累，下班回来后，多想休息一会呀，可我怕你饿，就拖着疲惫的身体给你做饭。现在你吃完饭了，难道不应该把碗筷收拾一下吗？"看着儿子还有些犹豫，我讨好地拉着他的手说好话，孩子经不住我的恳切相求，心甘情愿地刷碗去了。以后，刷碗就成了儿子的必修课。

　　我平时上课很忙，好不容易到了两周才能过一次的周日，早晨我在酣睡中被儿子叫醒。我冲儿子撒娇说："今天是周日，我的休息日，我要好好地睡一觉。你不要打扰我，好吧？家长大人？"儿子不情愿地说：

"那还是我自己做饭吗？"我伸出一个"OK"的手势，接着进入甜美的梦乡。儿子已学会做简单的饭菜。我醒来之后，儿子笑着对我说："小懒虫，洗漱一下，快去吃饭吧。我炒的鸡蛋馒头还给你在锅里留着呢。"尽管炒馒头已经凉透，可我的心里暖融融的。

"你是家长，你要照顾我"，我常把这句话挂在嘴边。儿子也就很乐意地承担了家里力所能及的家务活。我还经常对着儿子喊："我要喝水，我要……"每晚睡觉前，儿子都会主动地端着水杯递到我嘴边，关爱地说：喝水了。他端着，我喝着，他脸上露出满意的笑容。

让孩子做家长，既培养了孩子的担当意识和责任意识，也锻炼了孩子做家务的能力，更让家长节省了大量时间去做他们自己想做的事情。

让孩子做家长，孩子会更加茁壮地成长。

与孩子的叛逆期友好相处

　　转眼间儿子已经十二岁,个头也如拔节的庄稼猛长,不经意间已超过我半头。看着即将成为男子汉的儿子,我是既欣喜又骄傲。但与此同时,我也感觉到在管教儿子方面有些吃力,我们之间仿佛有了一层隔阂,就如我的身高够不到他的高度一样。

　　儿子从小到大是很让我省心的。他是人见人夸的懂事的孩子。儿子还被学校评为"孝心少年"。老公常年在外工作,我一个人带着孩子,上着班,管着家,其辛苦自是不言而喻。在这种环境中儿子也早早地独立起来,他帮着我干一些力所能及的家务活诸如扫地、洗衣服、烧水、做简单的饭菜等等。我家儿子可是我的贴心小棉袄呢。每次买了好吃的,他都是先给我吃。有一次我发烧时,儿子赶紧给我找退烧药,用小勺一勺一勺地喂我吃,当我醒来后,儿子就坐在我身旁看着我,忙用小手摸摸我的头,看我还烧不烧。儿子就是我的小拐杖,我们相互依偎着稳步前行。

　　可不知什么时候起,儿子突然不听话了,让朝东偏朝西,让打狗偏撑鸡，比如买东西时偏买那些我感觉没用的不好的，我说什么他不听还据理力争，如此等等。玉不琢，不成器，我也不能眼看着他不管呀，可我一说他，他不仅不听还跟我急，这让我很是生气。于是我开始吵骂，甚至拳脚相加，我们之间硝烟弥漫，儿子也很委屈，有好几次在我打他的时候，他气得把拳头狠狠地砸在地板砖上，过了几天后，他说手疼。这样下去可不是个办法。儿子不仅不听，反而更加叛逆。不能再这样了。

与其激烈交火，不如冷战。我干脆跟儿子楚汉分界。没想到我们之间竟也风平浪静。没过两天，儿子竟主动跟我聊起天来。我顺着他的话题与他沟通交流，发现儿子是有些思想的，他的做法也不是没有道理，原来我的担心是多余的。我顺势跟儿子讲了一些做事原则和注意事项，儿子也听话地点点头。

我牵挂的孩子呀，他长大啦！

记起一位青少年心理专家曾讲过他儿子的故事：他儿子十二三岁时，突然就跟家人有了隔阂，不说话也不交流，一个人默默地吃饭学习，然后就把自己关在屋里与人隔绝。他太太很是恐惧不安，他却说，没事，不要担心，给孩子一定的空间让他自己去发展，以后就会好的。后来证明他太太的担心是多余的，儿子后来又恢复了活泼健康快乐聪明的状态。

给孩子的叛逆期放个假，让孩子有足够的空间来发展自己，不要紧逼着孩子与其针锋相对，那样苦了孩子，伤了自己。与孩子的叛逆期友好相处，适时地加以正确引导，让孩子更加快乐自由地成长。如此皆大欢喜，何乐而不为？

学会在孩子面前示弱

　　同事的婚宴上，大家谈天说地，热闹非凡。因为是周末，孩子不上学，我们餐桌上的几位同事都带着孩子。孩子们年龄差不多，七八岁的样子。每上一个菜，同事们都会先帮孩子们夹到盘子里，然后自己再吃，孩子们心安理得地享用着家长们的服务，有的孩子甚至还命令家长："我还要吃那个炸鲜奶，快帮我夹呀。"家长们则忙得不亦乐乎。可就在这时，我邻座的一个小女孩引起了我的注意。只见她夹了菜放到妈妈的盘子里，甜甜地说着："妈，我给你夹，你吃吧。"妈妈则心安理得地享用着孩子的服务。

　　"你女儿真懂事呀！"我对同事宋姐夸赞道。宋姐开心地笑着说："是呀，我们小丫可懂事啦，平时在家也是这样，帮我做这做那，吃饭时帮我夹菜，捡着好吃的给我。小丫，你看阿姨都夸你了，你做得真棒！"小丫耸耸肩膀羞赧地笑了。小丫吃饱后出去玩了，宋姐坐过来对我说："孩子能干的事情我不去管，让她自己去做。我在她面前当小孩子，都是她管我呢。"

这让我想起一位亲子专家的话："在孩子面前我们家长要学会示弱，孩子能干的事情，大人不要插手去帮忙，给孩子一个独立的空间，让孩子有展示自己的机会，这样，孩子才能更好地成长。"可我们做家长的往往对孩子百般呵护，凡事都大包大揽替孩子去做，致使孩子被束缚了手脚，本来自己能做的事儿也不去做了，而是依靠家长，坐享其成。

晚上去邻居家串门，李姐丈夫正在跟六岁的儿子玩积木，他们比赛看谁堆得快。可是不知怎么的，爸爸老是输，儿子笑着说："老爸，你笨呀，不是你这样堆的。你看我，是这样的。来，我帮你堆。""哎哟，老爸现在比不上我儿子喽。老爸现在甘当学生，请老师指教。"爸爸说着还双手一拱，惹得我们哈哈大笑。只见儿子认真地教着爸爸，爸爸则耐心地看着儿子，不住地点头。李姐嗔怪地说："他们爷俩没大没小的。"我心里倒是对李姐丈夫充满了敬佩。

回到家里，八岁的儿子向我汇报："妈，我放鞋的时候不小心把鞋架给弄散了。"要是往常，我肯定会训斥孩子一顿，然后自己修理。可这次我没有发脾气，而是和蔼地跟儿子说："以后要小心。来，我们看看怎么把它安装好。"我先示范了两个，告诉儿子怎么去接，然后我故意接错，儿子说："妈，不是你那样的，是这样接的。"于是我便放手交给儿子去做。儿子研究琢磨着，自己把鞋架装好了。我抚摸着儿子的头说："我们小星长大了，能帮妈妈了。"儿子自豪地冲着鞋架调皮地说："哼，以后我再也不怕你散了。"

在孩子面前示弱，既能锻炼孩子的能力，又能培养孩子的品质，同时也解放了家长，我们何乐而不为呢！

授孩子以鱼不如授孩子以渔

儿子马上就要去外地上初中了，我还没来得及给儿子准备开学用的东西。因忙于工作，无暇顾及儿子，所以我让儿子自己准备。我让他拉了一个清单，把要买的要用到的东西都列出来，自己能准备的东西都自己去做，剩下被褥等大件物品则交由我来帮忙。

我利用下班时间去商场给儿子买东西。商场里人潮汹涌，熙攘往来。竟然大部分都是家长，从他们的言语中得知都是在为孩子买开学用的东西。我正选着被褥，突然有人用手拍了我一下，扭头一看，是同学莉。她女儿也要上初中了，竟然和我儿子是同一所学校，我们不由得谈到许多孩子的话题。

莉吃惊地说："你还没有为孩子准备好东西吗？看你这当妈的也太失职了，光要工作不要孩子啦？我早就准备好了。对了，我那儿有购物清单呢，我微信上发给你，你可以参考下。"看着莉发来的购物清单，密密麻麻地写了满满一大张，大到床上用品衣服鞋子行李箱，小到饭缸书包文具雨伞甚至纸巾等。"你好心细呀，这都是你买的？""嗯，那当然了，孩子知道什么呀？我们要不给他们准备齐，他们怎么能用呀！"我不由得佩服莉的细心和耐心。"哎呀，这算什么呀，别的家长比我买的更多呢！"说着，莉把我拉进了两个微信群，都是初一新生家长群，莉说："你慢慢看吧，这里面的家长们都在为孩子开学做准备呢！"

从商场出来去超市买菜，又碰到了许多家长在为孩子们买东西。超市好像也非常了解家长们的心理，充分抓住商机，设立了"开学一站式购齐"专场，家长们络绎不绝。

回到家，儿子已把开学用的东西分门别类地整理好，摆放得整整齐齐。我夸奖儿子好样的。家长微信群里不时地传来消息，大家正在共享为孩子准备的东西，纷纷传来购物清单，所列项目细致得让我眼花缭乱。有的家长担心孩子在学校不会照顾自己，瞬时引发了一群家长的担心，大家纷纷接龙附和：是呀，孩子没有出过门，能照顾好自己吗？会打饭吗？能打水吗？等等诸如此类问题，让家长们焦虑感叹半天，恨不得自己能替孩子去上学。

我不由得陷入沉思。孩子初次去外地上学，我们家长为孩子准备些东西是必要的，但也不能过了度。孩子都已经是初中生了，应该有自理的能力了，即便没有，也要锻炼培养他们独立生活的能力。

授人以鱼不如授人以渔，我们要教给孩子做事的方法和能力。该放手时就放手，在孩子开学之季，不要光是我们家长忙忙碌碌，要让孩子们也参与进来，放手让他们自己去做，让孩子在参与实践中去提高去成长……

不要把学生开学季变成家长开学季。

123

好妈妈，慢慢来

　　同学晶向我诉苦说："我家女儿简直急死我了。这次给她报的作文班说啥也不去学了。我训了她几句，她竟然苦眼抹泪委屈万分地说，她太累了，压力好大。你说说，小孩子家知道什么是压力呀！放着好好的机会不利用不学习，真是气死我了！"我反问道："孩子不愿意学就算了，干嘛非逼迫孩子学呢？""哎呀，我们孩子的同学都上着好多班呢，什么奥数班、作文班、美术班、舞蹈班、钢琴班等。能报的都报了，你想呀，人家都学，我们不学，那我们不落后了吗？"

　　我愕然。都说今天的孩子衣来伸手饭来张口，可他们幸福吗？上了一天的课还要被迫去上五花八门的补习班。突然想起看过的一部电视剧《虎妈猫爸》中的情节："茜茜，你给我醒醒，起来写作业。"已进入甜蜜梦乡的小茜茜被虎妈摇醒后，一边写一边抽泣。在北京这样的大城市，孩子到三四岁，家长就开始琢磨让孩子上最好的幼儿园最好的小学，给孩子报各种补习班，结果出现了一大批"疯狂妈妈"，整天像热锅上的蚂蚁，惶惶不可终日，唯恐孩子输在起跑线上。

现在的家长们是不是急了点？容不得孩子自然成长，找各种速成的门道，拼命地施化肥，揠苗助长。早期教育不是提前教育，三岁不会的事五岁会做得很好，五岁不会背的东西六岁不成问题。各种速成的东西满足的到底是什么呢？其实是我们家长的虚荣心。

不由得想到家长微信群里接连不断发来的消息，家长们热烈地讨论着让孩子们上什么补习班，怎么才能提高孩子的成绩，家长们急迫担忧的心情，恨不得能替孩子去上学。甚至有的家长把一些奥数题晒到群里来做，充分彰显我们家长的智慧和用心，引来大家纷纷点赞。

曾经在深圳图书馆"市民大讲堂"听过21世纪教育研究院院长杨东平教授关于"孩子会输在起跑线上吗？"的讲座。杨教授说，没有一个孩子会输在起跑线上，因为起跑线上的争分夺秒，只有对刘翔这样的短跑才是重要的。而人生是一场漫长的马拉松，在开始的时候早几步晚几步是没有多大关系的，关键是要看孩子是否能够安全顺利到达终点。

我们要学会等待，解放孩子的手脚让孩子快乐地成长，要关注孩子的身心健康、人格养成和精神成长，促进孩子的个性发展，让孩子们做最好的那个自己。记得有一位叫美丫的作家曾在《你的纵容你的爱》这篇文章中写道："我的成长，始终伴随着我在所有的年龄段想要的快乐：阅读的快乐、玩耍的快乐、自由的快乐和写作的快乐……因为父母想要的，只是一个快乐的我。"

好妈妈，慢慢来。

家长好好学习，孩子天天向上

孩子的家长会上，教育专家语重心长的一句话："家长好好学习，孩子天天向上。"很耐人寻味，发人深省，令人深思。是的，面对孩子，你读书了吗？你学习了吗？你以身作则了吗？你言传身教了吗？

我们都知道，父母是孩子的第一任老师。孩子所受的家教完全影响着孩子的性格和品性。诚然，每位父母对孩子都有"望子成龙，望女成凤"的企盼。可在车马喧嚣，纷繁躁动的环境中，父母在满足了孩子物质需要的同时，给予孩子精神食粮了吗？常看到这样的场景：家长一边搓着麻将，一边喝斥着孩子，快点写作业去，一点儿都不知道学习，赶紧写去。试想，孩子听着呼呼啦啦的麻将声，吵吵嚷嚷的喊叫声，能静下心来写作业吗？也有家长一边看电视，一边训斥孩子：光知道看电视，赶紧写作业去。孩子是被逼着写作业去了，自己却在沙发上一边看电视，一边哈哈大笑，全然不顾正一脸愁云的孩子。

还有的家长动用暴力，打孩子。一边打孩子，一边说：我让你不学习，我让你考得不好……用教育专家的话来讲，打孩子的家长首先应该打自己。你没把孩子教育好，自己一个五尺高的大汉子用拳头来欺负一个弱不禁风的小孩子，我们很为这个孩子感到可怜和委屈。专家说，凡是打孩子的家长，都是语言功能不发达，不会表述，不会讲道理。你若把事情讲明白了，孩子被说服了，比你动用拳头打孩子，效果不是要强上百倍吗？

父母的言行举止言传身教对孩子起着不可估量的作用。专家讲，一个半月才回一次家的孩子，所受父母的影响就占百分之八十。可想而知，天天跟父母在一起的孩子，会受父母多大的影响！所以，我们做家长的应该在孩子面前怎么做，怎么给孩子起到一个表率作用，怎么给孩子树立良好的典范，这已是一个不容忽视的问题。

"近朱者赤，近墨者黑。"好的环境培育优秀人才。我有一个同事，孩子特别优秀。问其方法，曰之：有其父必有其子矣！他说，他孩子的学习跟本不用管，作业也根本不用催。每次考试，在班里都名列前茅。他讲，他们家生活很有规律。每次闲暇时间，他都会读书学习写东西。而此时，孩子不用说，就主动趴在书桌上跟他一块学习写作业。有不懂的问题，两人一块交流探讨。即使孩子把作业写完了，看到父亲还在读书，于是便找一些课外读物去读。偶尔学累了，父子俩会一起玩会儿玩具，做会儿游戏，怡然自得，悠哉乐哉！同事说，孩子玩到尽兴处，你让他玩电脑游戏，他都不玩。

是的，专家讲，很多家长抱怨孩子经常玩游戏，怎么都制止不了。其实那是孩子空虚的表现。他找不到其它有乐趣的事情，只能通过玩电脑游戏来摆脱空虚和无聊。孩子一旦有了自己感兴趣的事情，就像我同事说的那样，你让他玩电脑游戏，他都不玩。

家长好好学习，孩子天天向上。让我们家长加强自身修养，好好读书学习，给孩子充足的精神食粮，让孩子在良好的书香氛围环境中，健康快乐地向上成长！

恰如其分地表扬

在清华大学学习期间，张牧寒研究员在谈教育孩子问题时，给我们讲了一个他和女儿的故事。

每周六晚上，他都要送四岁的女儿去学芭蕾舞。有一次外面飘着大雪，女儿穿得很厚，衣服鼓鼓的像小企鹅一样。舞蹈学完了，到了孩子们穿衣服的时间。这时候，陪同孩子的人员不止一个人，有爷爷、奶奶、外公、外婆、爸爸、妈妈等。全家五六个大人围着一个小孩转。有帮穿衣服的，有帮戴帽子的，有帮穿鞋的……而张牧寒研究员则静静地站在女儿的身边，揣着胳膊，默默地看着女儿自己一个人费力地穿着衣服，笨拙地系着扣子。女儿撅起生气的小嘴，满脸的委屈。说到这里，张牧寒研究员给我们抛了一个问题：如果你们是孩子的家长，你们应该怎么对孩子说？

教室里顿时热闹起来。有的说："孩子，你应该学会自己穿衣服。"有的说："自己的事情自己办。"有的说："老爸的肚子太大了，蹲不下去，没法帮你穿衣服。"……

张研究员笑着说，我当时看着女儿，微笑而鼓励地说："爸爸很高兴，全场这么多人，你是唯一的一个自己穿衣服的人，我真的为你骄傲！"这时，旁边的一个老太太，羡慕地夸赞说："哟，看你们家闺女多好，能自己穿衣服。我们家小孙子啊，一家人给他穿衣服，他还哭闹不停。"我趁机对女儿说："是啊，你看奶奶都夸你了。你能做到别人做不到的事情，我真为你骄傲！"

张研究员又讲了一个他女儿的故事。在女儿两岁那年，他让女儿爬小区里的肋木架。当时可把围观的人和过路的行人吓坏了。一开始，他陪着女儿一阶一阶地往上爬，一直爬到顶端，要翻过去的时候，女儿害怕了。这时，张研究员又抛给我们一个问题：如果是你们，该对孩子怎么说？

"别怕，孩子，摔不着的。"

"没事儿，孩子，来，我扶着你。"

"你最勇敢了。"

"没事的，不怕，勇敢点儿。"

……

张研究员说，他当时还是微笑地看着女儿。不用说别的，他就说了一句话："我会保护你，我就在你身边。"看着女儿战战兢兢地翻过肋木架时，他的心都要蹦出来了。当女儿成功地翻过肋木架时，围观的人们都长出了一口气。

在生活中，我们经常夸赞孩子，诸如这类的词用得最多："你真棒！""你真聪明！""你真漂亮！""你真勇敢！"……

很早就在一则报道上看过：夸女孩不能用"漂亮"，夸男孩不能用"聪明"。我们夸的应该是过程是方法是智慧，而不是先天拥有的头脑资本。

夸女孩漂亮，就会引导女孩子特别注重自己的衣着打扮和外貌修饰，

129

而不去提高内在的素质和修养；而夸男孩聪明，则会引导男孩产生沾沾自喜，不劳求获的心态。

毕淑敏在一篇文章中提到过："我们可以表扬女孩把手帕洗得洁净，而不宜夸赞好的服装高贵。我们可以表扬经过锻炼的强壮机敏，却不必太在意得自遗传的高大与威猛……"

孩子的皮肤与心灵，非常的精巧和细腻，需要我们去精心地呵护和滋养。学会适当地鼓励，恰当地表扬，让孩子沐浴着多彩缤纷的阳光，追寻着用心付出的过程，向着光明和美好前行！

还孩子成长的快乐

"茜茜,你给我醒醒,起来写作业。"已进入甜蜜梦乡的小茜茜被虎妈摇醒后,一边写一边抽泣。这是热播的电视剧《虎妈猫爸》中的情节。虎妈为了能给女儿一个最好的学习环境,为了能让女儿上最好的第一小学,为了让女儿赢在起跑线上,费尽心机,用心良苦地为女儿创造最好的条件。

在虎妈看来,她做的这一切都是为了让女儿更优秀,让女儿有一个美好的未来。她从小在父亲的吵骂训打下,被逼学习,一路考上重点中学,重点高中,考上大学,成就了她作为企业高管的今天。因此,她也让女儿按她的路子去走。虎妈为了女儿,不惜代价,倾其所有,可换来的却是女儿的不快乐不开心,以至于后来的抑郁症。这是虎妈万万没想到的。她一直以为给了女儿最好的条件,可殊不知女儿在她自以为的最好模式的要求下,却没有真正属于自己的空间,她失去了自由,失去了欢乐,失去了健康,失去了童年。虎妈最后也幡然醒悟,孩子的快乐才是最好的,其他一切都不重要。自以为自己很成功,可其实内心一点也不快乐。

记得有一位叫美丫的作家曾在《你的纵容你的爱》这篇文章中写道："我长成了这样的我，从来没有得过满分，考过第一名，当过三好学生，没有读大学，我求学的道路几乎是'不堪'的。但是我的成长，也始终伴随着我在所有的年龄段想要的快乐：阅读的快乐、玩耍的快乐、自由的快乐和写作的快乐……连写什么，写多少，父母都不过问。他们从来不觉得如今的我是成功的，就像从来不认为曾经的我，是失败的。因为他们想要的，只是一个快乐的我。"

一切要顺其自然，不能强求。

不要拔苗助长，让孩子在阳光雨露下快乐自由地成长。

好孩子是夸出来的

谈话时，大伯说，昨天他的一个朋友来了，说到他的两个儿子。大儿子是在严格的管教下长大的，成为一个合格的公务员，一切平平。二儿子是在表扬鼓励中长大的，按朋友的话说只要是不犯法的事，孩子有兴趣就鼓励他去做。结果二儿子多才多艺，除了本专业以外还拿到了好多专业学校的证书，是校园里小有名气的活跃分子，未到毕业就有好几个单位签约招聘。朋友的结论是：好孩子是夸出来的。

是的，这个道理我们都懂。尤其我们做老师的更是深有体会。在以前，严格管教是能严师出高徒，但培养的孩子也往往墨守成规，循规蹈矩。现在的孩子很难管，就连说服教育还得注意方式，稍不注意，就会如一头小野马发起飚来。刚接六二班时，就听说有一个大名鼎鼎的刺头刘刚。学习几乎没有，想着法地捣乱，甚至搅得有些老师课都上不成。老师们都抱怨：耐心地说服教育，无济于事；吵他训他，不服气；惹急了，产生逆反心理，捣乱得更猛。在我课上，我努力去发现这个孩子的优点："好，今天我要表扬我们班的刘刚同学。坐姿比以前端正了，听课也比以前认真了。"刚刚还坐得没正形的刘刚马上双手下垂，坐正，瞪大眼睛看黑板。"刘刚同学比以前有了很大的进步，他助人为乐，团结同学，主动帮我们班王烁同学打热水，我们应该向他学习。"班里响起热烈的掌声。其实是刘刚借王烁同学的热水壶打水自己喝。尽管这样，刘刚同学还真的变了。他好几次都主动帮助同学打热水，而且对班集体也越来越关心了。"刘刚，不错啊，好样的！"我逮着机会，就冲他伸出大拇指表扬他，他也会给我个"OK"的手势，调皮地笑一下。现在刘刚跟变了个人似的。老师们都说这孩子跟以前简直是判若两人。上课不再闹了，能正儿八经地坐那儿听会儿课了，而且课下见了老师也能有礼貌地打招呼了。

孩子家长会上，来自北京的教育专家说，要学会夸孩子，鼓励孩子，让孩子放开手脚去做自己能做的或者是经过自己努力之后能做的事情。

上小学三年级的儿子，放学一进家门，就手舞足蹈，一蹦三尺高地对我说："妈，老师又表扬我了。"说着，把表扬卡递到我手里，上面写着：崔锦祎同学，老师表扬你，是因为你上课听课认真！我很欣赏孩子学校的这种做法。孩子到现在已经得了厚厚一大摞的表扬卡了。每得到一张，孩子都会对我说，妈，我会继续努力的！一张小小的表扬卡给孩子带来的不仅仅是荣誉，更多的是鼓励和鞭策！

好孩子是夸出来的。我们要学会拇指教育。我们要时不时地对孩子伸出大拇指，让孩子感到被夸奖被尊重被欣赏是一件十分荣耀的事情，从而让孩子更自发地去做好自己该做的事情。

在幼儿园上班的同学对我说，她每天肯定要做的手势，就是伸大拇指。"你真棒！""你做得真好！"当小朋友看到自己被大拇指表扬了，就会兴奋半天，然后力争做得更好。

是的，好孩子是夸出来的。"人之初，性本善。"让我们给天真纯洁善良的孩子们加油、呐喊、助威吧，让祖国的花骨朵们蕴育出更芳香浓郁、璀璨耀眼的鲜花吧！

我长大反正不买宝马

　　一位青少年心理专家应邀来给我们学校师生做讲座。在谈到理想这个话题时，专家说，每个人都要有理想。从小就要树立远大的理想，就像你们现在就要树立考清华北大的理想一样。如果你连想都不敢想，那你这一辈子肯定与清华、北大无缘。如果一个十几岁的男孩子没有自己长大了要买宝马的理想，那他以后也不会有什么出息的。你首先得敢想。有了理想之后，就朝着既定的目标去奋斗去拼搏去争取，即使最后没有达到目标，也无怨无悔，总比没有理想，平平庸庸碌碌无为地过一生要强上百倍。

　　突然想到我九岁的儿子前两天曾问过我一个问题："妈，你为什么而读书？"我知道儿子是想拿周恩来为中华之崛起而读书来考我，我故意说："我读书是为了更好地生活，为了用知识丰富头脑，让我更加充实有意义地度过每一天。""哼，胸无大志！"儿子嗤之以鼻地说。我趁机反问他："那你为什么而读书？""我为了振兴中国而读书，让中国走到世界前列，看谁还敢看不起中国！"儿子气宇轩昂地说。我顺势问道："那你怎么样才能振兴中国呢？""我有远大的理想！"儿子自豪地说。"那你的理想是什么呢？""嗯，多了。想当地理学家，历史学家，歌唱家和作家。噢，对了，还有考古学家。嗯，考古学家、地理学家还有历史学家是一回事吧，妈？"儿子充满憧憬地认真地说。没想到儿子竟一连串说出这么多理想。我不以为然地淡然一笑："行，那你就朝着你的梦想努力学习吧！"

现在想想儿子的远大理想也不是那么凭空一说信口胡诌虚无缥缈的。儿子很喜欢地理和历史。他闲暇时间经常抱着大大的世界地图和中国地图认真研究。有时还像发现新大陆似地跟我分享他的新发现。随便问他一个国外的什么地方，他都能说出大体位置来，对于世界各国的位置及首都更是对答如流。儿子对历史的痴迷程度更是到了无以复加的地步。光历史书籍都看了好几本。每天中午科教频道的《百家讲坛》更是潜心观看。他对历史事件了如指掌，有很多我不知道的历史他都知道。为此我还得向他请教。一些历史人物，何朝人也；什么年代，发生了什么历史事件；对这个人物的评价，以及跟这个人物有关系的其他人物等等，他都娓娓道来，讲得津津有味。这不得不让我汗颜，同时也佩服他小小的脑瓜里竟然装了那么多的知识。

至于儿子说歌唱家，我只能说是他喜欢听歌和唱歌罢了，他并没有这方面的天赋。儿子说当作家，我想是因为他对自己写的作文比较满意吧。儿子读的课外书多，每次作文都得满分，而且还有好几篇被刊登到了报纸上，这对他是很大的鼓励。到现在，儿子每天晚上睡觉前都要背一篇国学经典文章。但我深知，文学这条路是任重而道远的，我小小的儿子还不能体会其中的艰辛。

听完讲座回到家，我认真地问儿子："你的理想是什么？""我不是告诉过你吗？地理学家，历史学家，歌唱家和作家。"天呐，一点儿都没变，还是上次的口气。我又问了一句："那要从中选一个呢？""那就历史学家吧！"

　　"你长大了要买什么车？"我想用专家的问题考考儿子。"嗯，我想买一种非常环保，又非常省电，又不费油的车。车上装有平板电脑、电视、多功能键盘、可视电话、遥控手机还有自动导航系统等。"儿子闪烁着黑亮的大眼睛，叽里咕噜说了一大堆。"你不想买宝马吗？""宝马算什么？像宝马呀、法拉利呀、奔驰呀，都太污染环境了，又费油。""那你说的车是什么牌子啊？""不知道，以后肯定有。要是没有我就发明呗！"儿子天真地笑着说。

　　中国梦，我们的梦，孩子的梦。

　　原来儿子的理想是这样子的。我长舒了一口气。

我牵挂的孩子啊，长大啦！

　　孩子的家长会上，有一个小插曲，是孩子们为家长准备的三个节目。其中一个节目是儿子跟同学表演的相声。看着两个孩子声情并茂绘声绘色地表演，我的眼泪就来了。相声表演得很成功，博得家长们的热烈掌声。这时，班主任袁老师说了一句："这次的节目准备时间很短，一开始没有列入到家长会的议程里，昨天上午才有这样一个想法，然后就让孩子们自愿报名参加。到今天上午也不过就一天的时间。"是的，而且这一天的时间里孩子们还得上课学习做作业，只能利用零头时间。

　　正好过周末，开完家长会，就可以把孩子们接回家了。路上，我问儿子，这么短的时间怎么能记住这么多词！儿子说昨天中午没午休，今天早晨又早起了半个小时……儿子还潇洒地说了一句"送你的礼物！"突然，我双眼遮起了迷雾。我给儿子点赞叫好，并鼓励儿子说，你真棒，妈妈相信，你是好样的！

　　儿子刚上初一，已进入青春叛逆期，让朝东偏朝西，让打狗偏撵鸡，当年那个形影不离妈妈的孩子不见了，如今站在我面前的是个头比我还高的大小伙子，我一下子在孩子心目中失去了分量，我也一下子失去了平衡，为此，我也没少跟儿子叨叨嘴，言语相激，吵骂训打，甚至也拳脚相加，可迎来的却是儿子泛红的双眼和怒气委屈的脸，换来的只是儿子更远的距离。但是有一点，不管儿子有多生气，他从来没有跟我顶撞过，也从来没有摔门把自己关起来，最多也就是与我保持沉默。

我从有关心理学的书籍上看到过，孩子在叛逆期面临着学习和成长的压力，家长不应该着急，应该跟孩子和平相处，因此我也曾写过一篇文章《与孩子的叛逆期友好相处》，引来家长一片点赞。于是我试着放下手来与孩子和平相处，慢慢地，孩子也缓过来了，渐渐地又跟我亲近起来。我及时地跟孩子沟通交流，让孩子健康快乐阳光地成长。

不得不说，儿子还是很让我省心的，生活上不让我操心，学习上也很主动，而且还看很多课外书，尤其是痴迷于历史地理，掌握了相关方面的很多知识，有很多东西我都不知道，还得向他请教。上了初中后要住校，两周回来一次，但就是这仅有的两天周末时间，孩子也是遨游在题海和书籍中，我们本想带他出去散散心，可孩子却没有时间……

有时我们家长可能太过于心急，给予孩子过高的要求，引得孩子逆反抗拒……

我们要放开手，让孩子慢慢来，做最好的那个自己……

班主任微信上对我说，你家孩子很优秀，也很懂事，他很在乎你，随后给我发来一篇孩子的作文，其中有一句这样写道：我对妈妈的爱没有写在表面，而是刻在内心深处，我可能在无意中伤害了妈妈，但是我会加倍去弥补的……

第五辑　爱你的每个日子都闪闪发光

宁愿为你，让阳台花开

每次去图书馆看书，都会被旁边小区临街二楼的阳台吸引。驻足观望的不止我一人。每每有三五成群的人聚在楼下仰望阳台，赞美之词不绝于口。这是一个拐角阳台，通透的大玻璃窗把阳台里面的风景慷慨无私地奉献给过路人。

阳台之所以吸引人，是因为这是一个花的海洋。阳台上开满了花，红的、黄的、蓝的、紫的，一朵朵，一片片，花团锦簇，姹紫嫣红，煞是好看。葱茏的绿叶葳蕤茂盛，绿气腾腾，把花儿映衬得更加楚楚动人，娇艳多姿，让人怀疑花卉园被搬到了这里。

阳台的上面摆满了各式各样的花盆，花盆里是各式各样的花。阳台上有好几个隔层，每个隔层上都是花。阳台的衣架上也错落有致地挂着不同花盆的花。五颜六色的花欣欣然张开了眼，充满惊奇地欣赏着外面的世界。阳台玻璃外窗的南面和临街的西面中间都向外用钢棍镶嵌了一个长方形的小架子，正好能放下两盆花，花朵竞相开放，伸展着最美的花姿，仿佛在向过路人问好。

记得有人说过，阳台是女人的阳台。看一家的阳台，大抵也就看见那家的女主人。从阳台可见一个女人的生活、品位，甚至她内心的季节。我未曾见过这家主人，但能把阳台的花养得如此美丽，女主人肯定也是一位湿润芬芳，简洁明朗的女子，雅致、精美，生活得有滋有味。

"这家的男人可真不容易呀，老伴儿瘫痪在床，吃喝拉撒全得他伺候，二十年了，他这样坚守着，而且还为老伴儿养得一手好花，老伴儿不能出去看花，就让她在家看个够。"同来赏花的知情人说道。我的灵魂深处被深深地震撼了。执子之手，与子偕老。不离不弃，终生守候。还有什么比这更美的爱情！

阳台花开，一花一世界。想必女主人坐着轮椅，在男主人的陪伴下，每天闲暇时间来此小憩，徜徉于花海中，捧杯热茶，悠悠品茗。看花开花落，望云卷云舒。放飞心灵，感悟人生。生活的韵味，从阳台开始；心情的装扮，从阳台呈现。阳台花开见证了一对老人的默默相守。

宁愿为你，让阳台花开！

只因了你的暖

　　同事丽结婚十一年了,孩子都十岁了,可丽依然每天打扮得光鲜亮丽,穿得花枝招展的,像正值青春年华的小姑娘。这引来很多人赞叹的同时,也招来了一些人的议论:"都老夫老妻的了,还把自己打扮成小姑娘,给谁看呢?""这上班都够忙的了,她哪来的功夫打扮,累不累呀?"我们这工作都得起早贪黑。早晨我都是被闹铃叫醒,然后迫不得已的一骨碌爬起来,简单洗漱一下,就去上班了。哪还有时间打扮自己呀!可她每次一出现,总是光鲜夺目,让人眼前一亮,心情舒畅。那眼睫毛浓密修长,大睛睛微黑闪亮,瓜子脸略施粉黛,樱桃小唇淡红莹润。她的妆恰到好处,美而不媚,耀而不妖,纯而不浓,嫩而不娇,那么自然,那么清新。她穿得衣服也总是每天一换,清新亮丽,新颖时尚。

　　若是一天两天也不足为怪,可结婚这十几年来一直都这样,就难了。有几个同事也效仿她,可没坚持几天就又恢复原形了。"哎呀,我的妈呀,美也是要付出代价的,为了打扮,我得早起至少半个小时。有那工夫,我还睡会儿呢!"同事打着哈欠说道。是啊,我们都很忙很累,有时连脸都懒得洗，衣服都懒得换，哪有时间收拾自己呀，就是有时间，也没那个心情呀。

可她却天天花枝招展，亮丽如初。我们不得不佩服她这种为了美不怕累的精神。在美的背后是要有坚强毅力支撑的。当有人问她："你不累吗？"她总是嫣然一笑，"你能让别人感受到美的时候，累也是一种享受呀！"

有一天，我在她的QQ空间里无意中看到这样一句话："只因了你的暖，我宁愿每天为你花枝招展。"我当时感动得哭了。噢，丽每天打扮原来是这样。我们都知道丽有一个好老公。他对丽的关心呵护体贴达到了极至。怕丽被油烟熏着了，不让丽炒菜；怕丽的手变粗糙了，不让丽洗衣服做家务。女为悦已者容。老公这样疼自己，丽当然要把最完美的自己送给他。

婚姻不会因时间而老去。你的关爱和体贴给她带来了深情的暖。这种暖会让爱情保鲜。也正因了你的暖，她会每天花枝招展，不为别人，只为心中那个爱她的你。

爱到深处不需言语

她晚上跳舞回来,快到小区门口时,突然从后面窜出一辆小车,直冲她飞奔过去。她一下子被撞飞在路上,当即晕倒昏迷。幸好有过路人打了120,叫来救护车,她被送进了医院。

此刻,在家的他正坐立不安。他焦急地望着指向九点半的时钟,心想,这个点儿,她也该回来了。怎么现在还不回来呢?打她手机,却在茶几上响起。唉,她出门总是忘带手机,有事也不能联系。他急得额头上渗出一层汗。穿好衣服,准备下楼去找,电话响了,是医院打来的,说她出车祸了。他大脑一片空白,没命似地狂奔向医院。

她左边锁骨骨折,右边胯骨有裂缝,肺部有挫伤。他强忍住眼中的泪水,请求医生给妻子做最好的治疗。她清醒后喊疼,他小心翼翼地给她轻揉按摩。晚上,他几乎不能睡,陪在她身边不停地帮她揉捏。她也不停地喊着:"哎哟,这儿疼,哎哟,那儿疼。"他温柔地问:"是这儿吗?是那儿吗?"然后不厌其烦地一遍又一遍地按摩着。

关于她跳舞,他本来是不同意的。晚饭后,在家陪孩子写写作业,看会儿电视放松放松，多好，非得出去到隔壁小区跳什么舞。要减肥，也不用每天晚上出去跳舞啊，在家对着电脑跳也可以呀。可是，他的话，她是不听的。他对她也奈何不得。他在她面前是俯首称臣的。

她一提起他来，满是抱怨和不满："唉，他这人都气死人了。一点儿心眼都没有……做事不会打算，不知道计划……他这人总以为自己很行，说什么都听不进去……又不会说个话，真没意思。"她满腹牢骚，仿佛他没有一点好。看到妻子愤愤不平的样子，他总是淡然一笑，不辩解什么。有时还会拉长了腔调笑着附和一两声："噢，是我不对。你说的，都对。行吧！"

他是一个机关单位的中层干部，在外人看来也是威风凛凛、风度翩翩、英姿飒爽的人物。他为人谦虚和蔼，谁都说他不错，可就是在她口中落不了好。他对她关爱有加，呵护备至，但他不擅言谈表达。结婚十几年来，他对她言听计从，百依百顺，可就是"爱"字在心口难开。为此，她说他不懂浪漫，不懂情调，没有品位，不会生活。

在医院里一住就是一个月。他日夜陪在她身边，耐心地伺候她吃喝拉撒睡，无微不至地照顾着，寸步不离。每天用热毛巾给她擦脸，然后用毛巾的一角，在手指上卷成一个小卷，轻轻地、细心地擦拭妻子的眼角，然后用手指轻轻地温柔地将顺她的短发。吃饭时，他先用小勺尝一尝饭烫不烫，然后一口一口地喂到她的嘴中，还时不时问她渴不渴，一个姿势躺着累不累。她要翻身，他便用力抱住她的身子，轻柔而小心地帮她翻过去。这时她会说："我这么重，让你费劲了。"他个子不高，而她也不瘦。他要翻动她是需要费些力气的。

他还经常讲笑话、讲故事给她解闷。在他的精心照顾下，她能试着下床走路了。看着丈夫为自己付出的一切，她心里也很感动。好几次她都试图说出那三个字，可话到嘴边又咽下。原来爱到深处是不需要言语的。这次不堪回首的伤痛，让她感受到了刻骨铭心的爱情。她庆幸，自

147

己有一个世上最好的丈夫。

女人，当你韶华不在、容颜消逝时，还能有一个疼自己、爱自己、守在身边照顾自己的男人，夫复何求！虽然她有时还会对他说些挑剔的话，但却笑着流露出爱怜嗔怪的神情。这时，他还是像以往一样，拖长了腔调，附和着说："噢，是我不对。你说的，都对。行吧！"

执子之手，与子偕老。平淡生活的同甘共苦、相濡以沫，足以遮挡共同走过的风风雨雨。

你在车里　我在车外

文接完丈夫的电话，便骑电动车带着孩子去西环路等着。刚到那儿不久，迎面驶来一辆红色的大货车。车身长近二十米。这是文第一次见丈夫开的大车，一辆大红半挂。车靠路边停下来。丈夫打开车门，从有一米高的车台上蹦了下来。

丈夫刚三十出头，却满脸沧桑。头发被风吹得有些凌乱。络腮胡子爬满了嘴边。眼窝深陷，一双大眼睛还有些红肿。细黄尘土布满了全身。看着风尘仆仆、疲惫不堪的丈夫，文的心里涌起一股酸水，一片泪雾遮住双眼。

丈夫接过孩子抱上了车，然后把头探出车窗外对文说："我走了啊。你靠着路右边骑，慢点啊。""你也慢点！回来时给我打电话。"文回应着，挥手和他们再见。

文要去市里开一个会，可孩子没人管。正好丈夫去外县送货从家路过，到天黑就返回来了。于是，丈夫就让文把孩子送到车上，暂时看会儿孩子。让孩子跟着上大车，路途遥远颠簸，能行吗？但这也是没办法的办法，只能这样了。

　　文对丈夫一直充满着抱怨和不满。丈夫是开大车的司机，半个月二十天的不回来一次。平时都是文一个人又得上班，又得管家，又得带孩子。里里外外所有的重担都压在了文一个人的肩上，直压得文喘不过气来。丈夫什么忙都帮不上。有了事儿都是文一个人独扛。为此，文吃了很多苦，受了很多累，遭了很多难，因而也就对丈夫心存怨恨。每当看到别人小两口有说有笑，有商有量时，文的心里便像十五只吊桶打水——七上八下，很不是滋味。本来两人就没有什么共同语言，再加上空间和距离上的遥远，老这么长时间分居，就连结婚十几年来仅有的一点亲情也快给磨灭了。

　　但刚才看到丈夫在车上的样子，文心里的怨恨化为酸楚。其实反过来想想，丈夫也挺不容易的。为了这个家，他抛妻离子，只身一人在外，起早贪黑，风餐露宿，每天机械地重复着枯燥无味的生活。他难道不想和家人团聚吗？他难道不想老婆孩子热炕头吗？但是为了挣钱，为了还房贷，为了让文和孩子过上更好的生活，他不得不放弃大多数人都有的正常生活。

　　这时文看见在路边停着的一辆大货车里，一个司机正在打电话，文的心里突然难受极了，忍不住的泪水喷涌而出。文想，丈夫的电话也应该是从这样的大车里打的吧。他是在什么时候打的？是在开车的时候？是在停脚的时候？抑或是在等待卸货的时候？不管是什么时候，都是想家的时候。可文每次接电话都没有好气，不是吵就是骂，然后恨恨地挂了电话。文这才意识到原来丈夫这么辛苦，而自己却从来不理解他，还恶言恶语地骂他，真是太伤他心了。可丈夫从来不计较，依然是每天雷打不动地问候。

　　虽然丈夫是开大车的，但是他有诚挚的感情和浓浓的亲情。为了生活，他抛妻离子，身在大车。这就是生活！爱，在奔波中！爱，在大车上！文以前在路上看见疾驰而过的大车时，茫然麻木，熟视无睹。可现在再看见大车，文会驻足而望，同时从心底涌出一种暖暖的感动。因为大车里有一种人世间最真、最纯的亲情！

你在车里，我在车外。

且接且珍惜

和同事在一块儿聚餐,觥筹交错,热闹非凡。突然小李的电话响起。本来正在一本正经发表言论的小李,严肃的表情顿时来了个一百八十度大转弯,嘴角笑开了花,温情地说:"甜甜是一个好孩子。想吃什么?告诉爸爸,爸爸回家给你带回去。"他慈爱地对着电话说着,好像宝贝女儿就在眼前。我的心不由得肃然起敬。小李的电话给孩子带来了温暖的关爱和满满的期待。一个对孩子温柔用心的男人,还有什么能干不好?

这让我想起了另一个电话。乘公交车去市里开会,中途我邻座的男子接到妻子的电话。从男子的应答中听得出来是妻子有些不舒服。那位男子柔情地问道:"想吃点什么?我下车后买好带回家去。好利来的甜点?荔枝村的糕点?还是KFC?"我的心里立刻有一股暖流涌过。原来吃个饭还可以有这么多选择,不舒服的事也变得有意思起来。一个对妻子呵护和疼爱的男人,还有什么工作能干不好?

婚宴席上,大家说说笑笑,吃喝得正尽兴。一位男子却退出热闹,走到门口外面给母亲打电话。他温柔地说:"我八点半之前到家。我带了钥匙，可以开门，你先睡，不用等我。"我刚从洗手间回来，碰到他正在打电话。他跟我解释说：母亲跟他们住在一起，每晚都要等着他回去才能睡觉。母亲睡得早，他若不回去，她就睡不着。提前打个电话告诉母亲，不让她担心。八点刚到，他很抱歉地告辞，提前离去。一个对父母时刻牵挂惦念的男人，还有什么事能干不好？

然而经常在一些饭局或公共场合看到一些人接到家人的电话，口气非常不耐烦地急躁地说："正忙着呢，别打了，有事一会儿再说。"未说两句，就匆匆地挂掉电话。忙什么呢？忙着喝酒，忙着跟别人说些无关紧要的话？忙得却没有耐心听家人说两句知心话。

什么是酷？什么是范儿？电话里的爱给了我们最好的回答。懂得尊重家人关爱家人的男人才是真正的酷，真正的范儿。对待家人的态度，显示了一个人真实的品质。无论你的权位有多高，无论你的财富有多大，如果没有家人的爱，那你的内心也是极度空虚的。

一个小小的电话，一种温情的诉说，一份深深的牵挂，无限亲情的寄托。

小小电话爱，且接且珍惜！

过树穿花伴着你

　　在公园里晨练，常常会遇到这样一对老人，大约有六十多岁的年纪。女的得了脑血栓，每天由男的搀扶陪伴着进行锻炼。

　　从我见到他们之日起到现在已有三个多月了。这期间的每一天清晨，这对老人都会准时出现。大爷陪大妈坚持锻炼也取得了很大的成效。大妈一开始不能站立，现在已经能够自己一人慢慢地独立行走。杨柳依依、花木扶疏的公园和晨练的人们都见证了一段执子之手，与子偕老，相濡以沫，不离不弃的平民爱情。

　　大爷说，大妈刚开始得脑血栓时，站都站不稳。儿女要给她买一副轮椅，这样大妈行动方便些，也节省了大爷的时间。大爷在一家公司看大门，平时也没有太多的时间去照顾大妈。可大爷却坚决不同意。他清楚地知道，如果老伴坐上轮椅就再也站不起来了。他毅然从自己繁忙的时间中，抽出一定的时间陪老伴锻炼。于是每天晨练就成了他们的必修课。

　　大妈不能站立，大爷就紧紧地拉住他，让她慢慢地学走路，就像教刚刚学走路的孩子一样，一切从头开始。"她现在就是孩子。孩子需要照顾需要培养。我现在就是在像照顾孩子一样去照顾她。"老人充满柔情地看着心爱的"孩子"说道。

大爷每天不辞辛苦地陪大妈锻炼。可大妈却不领情，还时常跟大爷发脾气，虽然说不成话，却满脸恼怒，甚至不配合走路。可大爷一点都不急。他笑着说："是孩子，就会不听话。孩子还有脾气呢！"他耐心地开导大妈，给大妈讲故事，讲笑话，把大妈逗乐了，然后再接着练习。边哄边教，边教边哄，就这样，在大爷的悉心照顾和耐心教导下，大妈在大爷的搀扶下能逐渐地慢慢行走。

从站立到慢慢行走，对于孩子来说是一个自然的过渡，而对大妈来说却费尽气力，整整用了近两个月的时间。"她比孩子难教多了。"时间长了，大爷也流露出了无奈。让大妈练习独立行走是一个费心费神费力的过程。慢慢地撒开手，用心地在身边护着，没走出两步，摇摇晃晃，真是"战战兢兢，如履薄冰"。大爷赶紧上前扶住，然后再撒开手，再扶住。如此反复，大妈逐渐地从两步走到四步，从四步走到八步，然后走出一小段路……

看着大妈现在能小心翼翼慢慢悠悠地自己行走，大爷在一旁开心地说："我这跟逗狗似的"，大妈随即发出含糊不清的词语还击道："你……狗……你……狗"。大爷笑着说："我要训练她话说，用激将法。要不然的话，她还不开口……"

我的眼睛湿润了。爱的潮水在心海汹涌翻动。爱是什么？此刻的山盟海誓，海枯石烂，在他们面前是那么的弱不禁风，不堪一击。

你是我的孩子，陪你走一生，过树穿花伴着你，把你当孩子去照顾，还有什么比这更美的爱情！

155

买书趣事

前段时间"光明书香节"在平安广场举行时，同事李哥说："广场上卖书呢，听说挺便宜的，还从来没怎么给孩子买过书，明天去看看去。"王姐深有同感地说："可不是呢，我家孩子除了学习资料外，我还从来没有给他买过课外书。赶明儿，我也去看看。"在一旁的李姐附和道："关键是咱们也都不是那样爱看书的人，咱们还不看书，怎么想起来给孩子买书看呢。不像我们张大作家，一天天地手不离书，爱书如命，我想我们张大作家家中的书肯定不少吧！"我笑着答道，李姐说的是呢，我家还真不缺书。欢迎去我家借书看哟！

说来也是，我家还真的不缺书，买书已经成为了我的一种习惯，甚至可以说是嗜好。一有空余时间就点开当当网，搜寻自己喜欢的书，不管价钱贵否，当即买下，如果赶上限时抢搞活动的书更是搜集一大堆，像是不要钱似的，全部运回家。以至于当当网送书的快递员因为经常给我送书，都已经跟我"混"成好朋友了，她冲我打趣道："你是我送书的客户里面买书最多的人，在我负责的区域里，没有人买书能比得上你。买书之多，买书之频繁，非你莫属。当当网是你家开的吧，怎么跟不要钱似的，一个劲往家里搬？你家都能开成图书馆了吧？看那么多书你累不累呀！"我笑着回答说："只要你不嫌送书累就行，我会大力支持你的工作。"说完耸耸肩做一个调皮的动作，她便咂着舌无奈地摇摇头，满脸怒气却不得不挤出微笑来冲我伸出一个"OK"的手势。

其实我也不光从网上买书，书店也是我向往的地方。到了书店，我的脚步便再无法挪开半步。看着这书也想要，那书也想买，最后走时，肯定要抱上几本书回家。为此，我跟书店老板也成了好朋友，一有新书上市，她便热情地给我打电话，邀请我去书店坐坐。我每次有邀必到，也结识了一些热爱读书的书友们，大家围坐在一起，读书品茗，尽享书中乐趣。

不光在书店买书，就是在街上碰见了那种摆摊卖书的，我也会驻足停留，脚步不舍得挪开。还记得上次在保定学习时，放学路上，碰见一个摆摊卖书的老大爷，卖的都是一些旧书，但是其中也不乏一些名人作品，我二话不说，抱起一大摞书就买下，老大爷感动地非要请我吃饭，他说，他在这儿摆摊买书半个多月了，今天还是头一次开张，而且还一下子卖了这么多书，必须要感谢我。为这事儿，还传遍了我们班学员，大家都知道我爱买书。

买了这么多书，家里都放不下了，为此，我特意找木匠来家里量尺寸，沿着卧室和客厅的几面墙，分别了做了几个大书架，每个书架的书都摆得满满的。面对到处散发书香味的书架，我心里有一种幸福的感动，随手抽一本书，坐于阳台上，沐浴着暖暖的阳光，尽享书香之悦。

这么多书当然看不完，而且因为平时工作很忙，压得我喘不过气来，根本没有时间和精力再去读书，但是只要看到书架上满满的书，我那颗劳累的心便沉静下来，觉得很欣慰和自足。有了书的陪伴，我觉得内心很宁静，很踏实，虽然我只是一个工薪阶层，经济并不宽裕，但是只要看到书架上满满的书，我就会觉得自己是一个很富有的人。

书于我来说就是最好的朋友，我会抽闲暇时间慢慢地读书，与书为伴，与书共舞，让爱在书中尽情地奔跑。

许你一世的不离不弃

一

十五年前，跟谈了四年的大学男友分手。悲痛之下，懵懂无知的我一赌气，便随便找了个人把自己嫁了出去。当时的想法就是，不管对方是谁，只要有人介绍，就同意这门婚事。

如此便稀里糊涂地步入了婚姻的生活。俗话说，男怕入错行，女怕嫁错郎。这门草率的婚姻也注定了我这十几年来悲苦郁闷的生活。

自己好歹也是堂堂的本科高才生，可对方却连小学都没有毕业，甚至连最基本的汉语拼音都认不全，更别说26个英文字母了。在手机上打个字都打不成，拼音不会，只能手写，可手写有的字还写不下来。为此，我说过他多少次，让他学着用拼音打字，可人家头一扭，脖子一梗，眼睛一瞪，毫无所谓地说："不会打字咋了？我不会语音吗？我还懒得打字呢。语音多方便呀，想说啥直接说就行了。笨人才用打字发信息呢！"

二

嫁给老公时，他在一家合同制的民营企业上班，给老板开车当司机，老板走到哪里他跟到哪里，因为老板要谈生意，请人吃个饭也就成了常事，老公也就跟着老板经常出入饭店，别的没有学会，倒是混了一身肥膘，肚子挺了起来，一走一晃晃。后来企业整改，精简人员，老公只会开车不会其它技能，因此也就被裁员下了岗。

当时老公正值二十七八岁的年龄，正是学习的大好时机。我便劝他学个技能，学个一技之长。"你看现在稍微好点的工作都要求学历文凭，咱没有学历文凭了，咱去学个技能吧。常言道，是艺不亏人。学个一技之长，就是找不到工作，咱们自己开门市也能干。"

"别异想天开了，又不是人家十五六的小孩子，想学啥学啥，都快三十的人啦，还学个啥！"老公垂头丧气地甩出这样一句话，就是不去学。

我想尽了所有办法，动员他的七大姑八大姨去做他的工作，可任凭你能说会拉，搁不住他一把死拿。他就是不去学。没办法，只能从了吧。

可是接下来找工作可就是个愁人的事情了。人家招工单位都有门槛，只学历这一项就把他卡住了。老公一没学历二没文凭三没技能四没能力，要啥没啥，一样没有，怎么去应骋？那岂不是拿着鸡蛋去碰石头吗？自找无趣。还是乖乖地逃之夭夭，远离这些有学历技能要求的工作单位，只能去找那些没有要求的任何人都能干的苦力活。

老公倒是不怕吃苦，什么体力活都干。给人家当过送货工，每天起早贪黑，给人家装货送货卸货，一天天忙得团团转。还给人家站过门市，就是给人家卖东西，对进来的顾客要热情地接待，并耐心地介绍产品，还要看人家的脸色，陪着笑脸给顾客说好话，为的是让人家能买东西。如果这一天卖不了东西，还要忍受老板的训斥。看着老公每天辛辛苦苦，愁眉苦脸，回到家里累得腰都直不起来，我心很疼。

后来老公又给人家打零杂。总之都是干着一些最累最苦的体力活，还挣不到几个钱。

三

可是，就这样在家里给人家打零杂的日子也实在不好过。正好有一个亲戚是北京工地上的包工头，有一次春节回来时在老家招工，于是老公便跟着这个亲戚外出打工了。一走就是三五个月，回来只呆上几天就又走了。于是我们便过上了两地分居的生活。本来平时就没有什么感情，这样隔着时空的距离，我们之间的隔阂也就越来越多，矛盾也越来越多，争吵也越来越多。尽管一天天地见不着面，可是我们在电话里面还吵架。吵得气势汹汹，吵得荡气回肠，吵得电话里面都有恨不得要掐死对方的冲动。

都说小别胜新婚，可我们这是一别成仇人。他平时也不回来，即便是回来在家仅有的几天里面，我们也是天天争吵，枪林弹雨，硝烟弥漫。因为我们的三观不同，思维方式不同，处事方式也不同。我们跟本就不能同频，更别说发生共振了。我说的话他不理解，他说的话我没兴趣。就这样，我们两个人虽然面对面，可心却隔了十万八千里。

我为此也很痛心，但我也越来越意识到，我们之间最根本的矛盾和分歧在于，我们的受教育程度不同。学习太重要了。只有学习过，才能看见更广阔的世界，才能沉淀自己的心情，才能历练自己的能力，才能走进更优秀的生活圈。

四

老公在外面工地上打工非常辛苦！整天起早贪黑，不停地给人家干活，干的都是体力活，晚上只能睡在临时搭建的简易房里面，十几个人一个屋，十几张上下床，屋里凌乱不堪，因为他们非常累，晚上回去倒头就睡，谁也不去收拾。吃的饭也很简单，基本上都是馒头咸菜白开水。工地上的人基本上都是来自农村的农民，没有受过什么教育，而且都是被生活所迫，上有老下有小的，勒紧裤腰带加劲干，就是为了能挣两块钱贴补家用。而且还有些是上了岁数的老人，孙男娣女的还出来打工，为的是减轻儿女们的负担。他们都很能吃苦，但是想法也都很简单，对自己的现状很满足，干自己的活，吃自己的饭。没有远虑，也无近忧。

不能再这样下去了！我向老公做出了宣战："立刻回来，不要再在外面打工了。过着一眼就望到头的生活，而且还挣不了几个钱，连个家都顾不住，孩子上学的学费都交不起。"

"其实我也不是不想回去。但是我回去能干什么？我一没学历二没文凭三没技能，连个工作都找不到。"老公丧气地说。

"现在虽然是在工地上干活，但是我一不偷，二不抢，我靠我的体力挣钱！"老公对自己的现状还很满足。

只要能靠体力挣钱就行了，他不想将来，不想前途，不想家人，更不想孩子。

"可是你要想想，你是有家有孩子的人，你上有老下有小，你要担负起你的责任。眼看着孩子也长大了，你要为孩子树立一个好的榜样，那你就必须想办法改变现状，去学习，去提高自己。"在我千遍万遍地开导下，老公说出了自己的内心想法："我也想去学习，但是我没有能力，对自己没有信心，我也意识到了知识的重要性，学习的重要性！我尽量去学习！"

五

在我的百般劝说下，老公终于回来了，终于告别外出在工地上打工的活儿了。可正如他所担心的，回来后没有合适的活儿可干。我趁热打铁，继续鼓励老公去学一门技术。毕竟有了一项技能才能找到更好的工作。老公也很后悔在当年二十七八正值学习的年龄没有听我的劝告去学习。但是老公还是有些犹豫："我都这个岁数了，又没有文化基础，能学会吗？"

我给老公打气助威："活到老学到老嘛，虽然现在已经奔四十的年龄了，但是只要肯去学，一切都不晚。不是还有七十多岁的老人参加高考的事情吗？"我又用了很多励志的事例去激励他，给他增加信心和力量。

我建议老公选择他自己感兴趣的技能去学，有了兴趣，也就有了动力，就不会觉着难觉着苦了。鉴于老公之前开过车，所以老公选择了汽修学习。于是我陪着老公去看了很多汽修技校，最后结合老公的意思，选了合适的学校。老公在我的鼓励和推动下，在奔四之年踏上了学习之旅。

我对老公给予厚望，同时做好他的坚强后盾，让他好好学习，没有后顾之忧。老公也表示他会珍惜来之不易的学习机会，破釜沉舟背水一战。

功夫不负有心人，老公刻苦努力，用心学习，终于顺利地完成了学业，毕业时还被评为优秀学员。因为在实习期间，老公干活踏实认真又非常地勤快，对顾客非常热情，不仅把车修好，还给他们耐心地讲解汽车的保养和维护知识，深得顾客们的好评。所以有好几家汽修公司争着抢着要高薪骋用老公去修车。老公也越来越被行业人士认可和尊重。这也让老公更加体会到了学习的重要性。现在办公一切都是电脑化，老公又主动要求去学习电脑，他在业余时间报了一个电脑培训班，老公学得很认真很努力，从一个连开关机都不会的电脑盲，变成了一个能熟练运用电脑办公的人。

现在老公再也不发愁没有工作可干了。有几家知名企业还向老公发来邀请去做办公策划的工作。

老公感激地对我说："我能有今天，都是因为有你的大力支持和鼓励。回想十几年来，你想方设法地给我提供学习的机会，熏陶我感化我，让我读书，让我学习，拓宽了我的视野，提高了我的能力……老婆，你辛苦了！"

我深情地望着老公，给他点了一个大大的赞！

爱已成过去时，你不必再逃

一

雪加入班级QQ群后，瞪大了眼睛，在右栏的群成员名单中搜索着那个自己想要看到的名字。当这个熟悉的名字赫然映入眼帘时，雪不由得怦然心动，藏在内心深处的那根柔弱的弦在隐隐作痛。

一直以来，雪努力不让这个人在自己脑海中出现。

岁月流逝，斗转星移。白驹过隙，忽然而已。转眼数十载。曾几何时，雪以为自己已经忘了他，可后来才明白，时间带来的只是沉淀而不是忘却。雪得承认，他曾经走进她的梦里，雪因他而醒，因他而泣。流水落花春去也，天上人间。他带给她的美好和温暖是她一辈子的回想和留恋……

然而，终究一场梦魇。

他和雪是大学校友。高雪一届。因为是老乡，便有了比旁人更多的接触与交流的机会。他以一个哥哥的身份，尽职尽责地呵护着雪，这让身在异地他乡的雪有了一种坚实的依靠感和温暖感。就这样，随着两颗倾慕的心不断升温，从大二开始，长达六年的爱情长跑开始了。他早雪一年毕业，毕业后等了雪整整三年。两个知心人在炽热的火花下迸发出温润浓烈的感情，就如一堆被点燃的篝火，不断往里面加柴添料，跳跃的火焰璀璨夺目，引得无数目光羡慕和赞叹。大家也都认为两个有情人会终成眷属。

二

可是事情偏偏不按我们预想的方向发展。

虽是心有灵犀一点通，却被银河岸隔断双星，落得劳燕分飞各西东。在感情倍增的同时，两人也承受着来自双方家庭的巨大阻力。

双方家庭早在十几年前曾因家庭琐事而闹过不愉快。两家人也从此结下仇恨，一直不说话，不往来。大人们的恩怨就这样强加在了孩子们身上。现在，孩子们要想把两家从仇家结成亲家，那岂不是闹笑话吗？岂能由着孩子们的性子来！于是双方家长横加干涉，连吆带喝，寻死觅活，要两个孩子分开。

其实两家大人在心里头看着对方孩子也挺好，可就是抹不下这个面子来，有句话是爱屋及屋，恨屋也及屋。为了面子，两家大人硬是生生拆散了一对相爱的鸳鸯。孩子们本来是一块纯洁无暇的美玉，却被家庭的恩怨画上了污点。孩子们是无辜的，是清纯的，是美好的，可生活就是这样的捉弄人，在双方家长的恩威并施下，两个相爱的人就这样分道扬镳了。

雪哭得死去活来，她以为没有他自己就活不成了。想起他们在一起的温馨快乐，雪肝肠欲断，眼泪都哭干了。

时间是医治心灵创伤最好的良药，慢慢地，愈合了雪的伤口。

冬去春来，日子还得过。

雪在家人和媒人的撺掇介绍下，和一个老实本分的连高中都没毕业的小伙子结婚了。生活就这么柴米油盐地不咸不淡地过着，无谓好坏。有了儿子后，雪忙得团团转，一下子掉进了儿子的世界，无暇顾及其它。儿子上了幼儿园后，雪才得以放松。空闲和大学同学聊天，对方无意中说到了他的情况，并给了他的电话。一直深埋在心中底处的那根弦又被拨动起来。雪的内心深处在隐隐作痛。强压着内心的冲动，但雪还是拨通了他的电话。

对方迟疑地问了一声谁？噢，忘了告诉他了，雪的手机换号了。当雪问他你还好吗？对方却说，你打错了，便匆匆地挂了电话。那个声音，雪太熟悉了，即使飞到天涯海角做了变音，她都忘不掉。对方那熟悉的声音让雪无语，任由两行热泪潸然而下。夫妻做不成，还可以做朋友呀，至于这样逃避吗？

他当然一下子就听出来是雪的声音，这也是他期待已久的声音，是触动他灵魂深处的声音，是让他永远也不能忘怀的声音……

没有人知道他的内心有多痛苦。不知有多少次在梦中呼唤着雪的名字醒来。可明月楼高休独倚，小院幽静独徘徊。男人的理智赋予了他外表的刚强。明知不可能有结果的事情，他也便不再去强求。他知道在感情中，女孩是脆弱的一方，既然不能在一起，就不要让他心爱的人再为他伤心难过，所以他甘愿做那个无情无意的人。他只有选择逃避从而让雪把他忘得一干二净，让雪死心踏地过好现在的生活。

他希望雪幸福。

三

  闲云潭影日悠悠，物换星移几度秋。期间两人都不曾再联系过，也不曾见过面，奇怪的很，两人竟也没有遇见过。雪从同学那儿得知他现在已是一家房地产公司的老总，在北京工作，很少回来，而雪还在家乡的小县城里当着不喜不忧不咸不淡的公务员。

  这次一位热心的大学同学建立了一个QQ群让雪加入，于是雪便欣然前往。说句实在话，当时在加入群之前，雪没想到他也会在群里。甚至雪已经彻底地把他忘了。然而一进群，那些熟悉的名字，那些久违的面孔，那些青春的记忆，让雪心潮澎湃，激动不已。不自觉的，雪就开始去寻找那个熟悉的名字了。

  终于找到了。可他明明在线可并没有主动找雪说话。雪在群里热情地和同学们交谈着，很多同学都出来冒泡，可他始终不曾言语。有同学喊他的名字让他出来。当然同学们是喊给雪听的。两人罗曼蒂克般的浪漫爱情史是同学们都了然于心的。他终于出来了，和同学们聊。雪不再言语，激动地静观他们说话，期待着，期待着……

  可他一直没有主动和雪说话。

  又过两日，雪正在QQ上和同学们聊天时，他来了一句："烟雪，终于碰到你了。"烟雪？雪的心里一惊，一凉，连称呼都由原来的"妮儿"变成了雪的大名"烟雪"了。我不就在这里吗？难道你一直没看见吗？我的家庭住址门牌号你都知道呀，想见我，去找不就行了，什么叫终于碰到了？雪有心质问他。但觉得场合不适合，就淡然地笑笑说问好，谢谢。

  其他同学们早已隐退，在幕后好奇地看着两个初恋情人是如何邂逅的。他礼貌性地问候着，雪也礼貌客气地回之。然后他说有事就走了。

四

　　雪等着他私聊，可他没有。雪实在等不及了，便查看他QQ上的个人资料。个性签名上有一句话：宁可逃避，也不愿再伤害我的最爱！雪的眼里马上汪起了泪水。雪很能理解他的苦楚，但是雪很想得开。都分开这么多年了，大家不都过得很好吗？虽然内心深处还有不舍的牵挂，但作为一抹难忘的回忆和留恋不也是很让人温暖和感动吗？虽然没有天长地久，但也曾经美好拥有。经历过就无悔！既然走不到一起，就互相祝福吧。能看着自己曾经爱过的人一切安好，也是一种满满的幸福！雪满含热泪地给他留言：爱已成过去式，你不必再逃，我可以坦然地接受一切，必经我们共同经历过风风雨雨。

　　他回复：谢谢你的宽容和理解。有什么事情尽管说，我不逃避，就在你的面前。

　　他们互相问了现在的情况，谈天说地，都没有提及过去。后来他们又加了微信，有事没事都打个招呼，问个好，彼此默默关注，默默点赞，默默祝福。

　　打开心扉，看得见彼此。爱已成过去式，你不必再逃。

　　轰轰烈烈走过，做成朋友也好！

让爱流动起来

公园里，一家三口在散步。孩子有五六岁的样子，一只手拉着妈妈，一只手拉着爸爸，蹦蹦跳跳着，扭动着欢快的舞步。爸爸妈妈和孩子愉快地交谈着，父母的眼神不时地相会而笑。在他们的身上洋溢着浓浓的家的温暖和爱的温情。顿时，一股感动的暖流涌遍我的全身。

家是什么？家是幸福的港湾，是我们停脚歇息的归宿。爱是什么？爱就是无私地给予对方的一种情感。我们每个人都渴望有一个幸福温暖的家，然而这只是很多人来自内心深处的呼唤，实际上真正拥有的人并不多。

家是亲人的载体。真正的家是充满爱的，是父母恩爱、母慈子孝。也就是父母之间，父母和孩子之间都亲密无间，和睦相处，其乐融融。这是一种至亲至爱的感情，她不会因地点的不同，时空的不同，人物的不同，事件的不同而改变。诚然，夫妻关系很重要，只有夫妻和谐恩爱，才能给这个家带来幸福的基音。但这只是一方面，父母和孩子之间的关系也是非常重要的。在这里面，最好的就是父母作为一个共同体，来对待孩子，使孩子感受到来自父母共同的温暖和爱意。让三者达到一个共同体，而不是父母关系很好可跟孩子有隔阂，或夫妻关系不和谐，父亲或母亲单方的对孩子好，这样就会造成爱的凝固。

然而在我们生活中，往往存在这样的情况。夫妻之间很好，可对子女有隔阂。父母说孩子这样不听话，那样不懂事；儿女说父母这样不关心他们，那样不理解他们，如此这般等等。这可能是处理方式不当造成的。但不管什么原因，我们都需要去解决问题，而不是父母和儿女之间相互抱怨。想想看，儿女再不对，"子不孝，父之过"，总有你家长教子无方的原因吧？反过来，父母再不好，你也应该"首孝悌，次谨信"吧。所以我们要相互沟通，相互理解，消除父母与子女之间不应该有的隔阂，让父母和儿女之间的亲情之爱在温馨和谐的家庭里流动起来。

父母都很爱孩子，但父母感情不好，这样的情况也很多。甚至有些家长虽然很爱孩子，可却由于诸多原因跟对方离异，致使孩子成为单亲儿童。这对子女的成长影响是很大的。父母有一方忽略了对孩子情感的培养，对孩子的身心发展都是不利的。父亲果敢刚毅的男子汉性格，和母亲温柔善良的女性美是一个人不可缺少的素养，所以来自父母双方的爱对孩子的成长起着不可估量的作用。有一个男孩，都十六岁了，还跟班里的女生在一起，什么事儿都愿往女生堆里扎，没有那种男子汉的阳刚之气。调查得知他从小跟母亲在一起，缺少父爱。父亲的果敢、勇猛、坚强、自立的性格对男孩子的成长是必不可少的。

一个成绩很优秀的初三女生突然不想上学了。调查原因才知女孩的父母关系不好。父亲忙于应酬，整天晚上不回家。女孩几乎很少见到父亲。母亲把所有的精力都用在培养女孩身上，希望女孩能出人头地，成为自己的骄傲，替自己出口气。女孩也不负期望，成绩优异，一直都是学校里的十佳学生。可长期的家庭不和以及对于父爱的缺失，女孩的心理很固执很偏激，她没有被爱的感觉，看不到生活的美好。因而也就产生了辍学的念头。

　　我们做父母的一定要给予孩子均等的爱。家是一个整体，让爱的血液在每个人体内流动，不要停滞于某一个人那儿凝固不动。在听心理健康讲座时，专家也讲到了家庭关系的话题。一个三口之家有爸爸、妈妈和孩子。这三者之间的两两关系都要和睦融洽，如此家庭才和谐，才幸福。

　　家庭是工作和生活幸福基础的源泉。家庭幸福，孩子才能健康，工作才能幸福。爱在亲情间，爱在心间。没有无爱的家庭，只要亲情在，爱就在。爱是相通的，爱是流动的。爱如涓涓细流，家如温暖港湾，让爱汇集成的河流在温暖的港湾中流动起来吧。

父母的手绘地图

周末回老家看望父母。在帮父母打扫整理房间时，突然从床铺底下发现了一沓厚厚的纸张。拿出来一看是五张手绘的地图。每一张的地图形状都不一样。仔细一瞧，这每一张地图都是一个城市，上面用铅笔勾勒的轮廓已有些模糊不清，地图上被标注的密密麻麻，有很多各式各样的符号，能看得出这是表示不同的交通线路和一些建筑标志。旁边还有一些字迹发黄的小字，我捧到灯光底下仔细辨认，"上海9月8日，9月9日……"这些歪歪扭扭的字体后面画的是表示天气的符号。我的心猛地一颤，泪水扑簌扑簌滚滚而下。我翻阅着这五张手绘地图，每一张都是一个我曾经去过的城市。

大学毕业后，我辗转于几个城市找工作，先去了上海、江苏，后又去了北京、广州和深圳。父亲不放心我，说一个女孩子在外面闯荡不安全，硬要跟我一块去，我坚决阻止。那时聪明的我对父亲是不屑一顾的，父亲没上过学，斗大的字不识一个，让父亲跟我去，别说父亲管我了，我还得照顾父亲。于是我独自出行。可每到一个地方，总会接到父母的电话，母亲会准确无误地告诉我当天的天气以及第二天的天气情况，并嘱咐我看天气穿衣服。父亲则会精准无误地说出我当时所处的地理位置以及周边的地理情况。父亲甚至告诉我出门怎么乘公交车，他对我所在地的公交路线非常清楚，告诉我去哪儿要乘哪路车等，这可节省了我找公交车的时间。在后来的很多时候，我只要一外出，就提前把地点告诉父母，母亲会告诉我当地的天气情况，父亲则会准确给我提供乘车路线。我虽然身在外面，可我一点也不孤单，因为父母犹如在我的身边，他们帮助我的出行，指导我的生活，给我的工作出谋划策。

　　我的心里一直有一个疑问，父母都是文盲，一辈子没有出过远门，如何能对外面的世界了解地那么清楚，而且对当地的地理位置以及乘车路线都了如指掌，可我每次一问起父母，他们总会笑呵呵地说，这有什么呀，谁让我们的女儿在那儿呢！现在我一下子明白了，原来父母为了了解我所在城市的情况，便亲手绘制了那个城市的地图，并对那个城市悉心地研究琢磨，关注这个城市的天气，研究这个城市的交通情况等。我不知道这五张手绘地图耗费了父母多少个不眠之夜，但我知道这里面凝聚了父母无限的关爱与牵挂！

　　不管我在哪里，不管我离父母有多远，我的足迹始终印证在父母的地图上，一如那放飞的风筝，不管我飞得有多高多远，那条线始终紧紧地攥在父母的手心，为我掌控着方向，积蓄着力量。

一个芒果里的爱

晚上从学校上完课已是九时许。秋天的夜已然有了些许凉意。街上华灯闪烁，人流显然已经没有前几天多了，偶见三三两两的农民工坐在露天的小吃摊上，夹杂着含混不清地欢声笑语，消解着一天的疲惫和劳累。

走到小区门口看到一个卖芒果的，旁边的一辆大卡车上堆着半车的大芒果。

只见卖芒果的人一手拿着一个黄色的大芒果，一手拿着水果刀，冲着大家边喊边演示："大家过来瞧一瞧，看一看了啊，新鲜的泰国大芒来了啊！错过这村就没这个店了呀，赶紧尝一尝来买了啊！"边说边用水果刀麻利地将大芒果切成两半，然后再划成一个一个的小方块儿让围观的人品尝。那汁多肉厚香甜味美的大芒果让品尝的人都意犹未尽，欲罢不能，但一问价钱十五元一斤，都咂舌摇头，嫌太贵！是有些贵，我假期去珠海桂林游玩时，那里的大青芒才四元一斤，若是要多了更便宜。后来在我们当地市场一直都没有找到我在南方吃过的那种芒果，如今又碰上，真是欣喜若狂，可是一听这价钱，我也是觉得有些贵。

有几个想买的人正在急切地跟卖主砍着价，可卖主是任尔东西南北风，咬定青山不放松。这时偶尔有开车路过的人下车买上几个走了。

"一个芒果，卖吗？"人群里突然响起一个男子的声音。循声望去，一个熟悉的面孔映入眼前。原来是他！他是我们学校旁边一个新小区建筑队的工人。我上下学的时候经常会碰到他。他五十开外，一身磨损得脏兮兮的工地装，头发有些泛白，脸色黧红，一双炯炯有神的大眼睛流露着朴实与真诚。他吃苦耐劳，不怕脏不怕累，什么活都干。酷暑时节，他不停地提着水泥包上下输送，皮肤被骄阳炙烤得黝黑通红，身上汗如雨下，嘴唇干裂，可他却舍不得买瓶水喝，而是拿起一个盛食用油的大塑料壶灌上自来水举到嘴边咕咚咕咚喝一气。吃饭也没个点儿，有好多次我从学校上完晚自习回来，看到他在街边捡着最便宜的饭菜吃。可现在他却在这里买芒果，真是大大出乎我的意料。

"行啊，一个也卖呀！"卖芒果的人机灵地回答着。于是这个男子从芒果堆里挑选，小心仔细翻来覆去地察看着拿到手里的芒果，最后终于选了一个自己认为不错的大芒果放在了秤盘上。"十五元。"卖芒果的人利索地说。"一个芒果十五元？"周围的人惊叹。

可男子二话不说，从裤兜里取出一沓一元的零钱，里面还间或夹杂着五角的零钱，他认真地数够了钱，双手递给那个卖芒果的人。

周围有人不解地问道："十五元一个芒果，你也不嫌贵？"

男子憨憨地笑着说："买给闺女的，她在外地上学，放假刚回来，她就喜欢吃这个。"

我鼻子一酸，不争气的眼泪涌了出来。

有一种爱完完全全没有自我，可以不计得失，不计价值，不计付出，不计收获，为了他亲爱的孩子，他什么都舍得。

一个芒果里的爱有谁能数得清呢？

母亲的萝卜条包子

　　五一带着儿子回农村老家看望父母。父母沟壑纵横的脸上开出了灿烂的花朵。父亲从菜地里割回了新鲜韭菜,母亲忙着和面。我一惊:"不是说好了去饭店吃饭吗?"父母已年过古稀,身体虚弱,我不愿让他们再费事做饭,便提前预定了饭店。母亲嗔怪着说道:"守着家呢,花那闲钱干什么?""我们自己做饭太麻烦了,去饭店省事嘛。"母亲爱怜地笑着说:"家里有你最爱吃的春韭馅包子,饭店里有吗?"我无奈地耸耸肩,吐了吐舌头,便赶紧帮着父母忙活起来。

　　父亲调馅,母亲揉面,我擀皮,包子马上就要上锅了,在外面玩的儿子回来了,看到我们包包子高兴地拍手叫好。当他看到是韭菜馅时,突然说:"妈,你还记着我们上次去山西玩时吃的萝卜条包子吗?我还想吃萝卜条馅的。"我瞪了儿子一眼,挥起擀面杖训斥道:"不许挑剔,做什么吃什么,韭菜馅的更好吃。"儿子撅起小嘴嘟囔着:"我就想吃萝卜馅包子。""这还不好说,姥姥是包包子高手,什么馅的都可以给你做出来。"母亲笑着说。我赶紧把儿子轰开,跟母亲说不要理他。

母亲解下围裙，说去南屋厨房里坐锅烧水。我和父亲继续忙着包包子。可过了好一阵子还不见母亲过来，我赶忙跑到南屋去找母亲，可哪里有母亲的影子？我正要打电话，只见母亲抱着一大包东西回来了。母亲高兴地说："找到萝卜条了。我记着你王大婶和刘二婶家好晒萝卜条，可这次她们两家都没有了。这还是从你马三婶家找的，她晒了半布袋呢！"娘为了找萝卜条转遍了整个村子。看着母亲满头的白发，佝偻的身躯，我强抑制住夺眶而出的泪水，笑着说："娘，你也太实诚了，小孩子家随便说说的，你怎么当起真来了？"母亲笑着说，手心手背都是肉，闺女亲，外孙更亲呐！

母亲不顾劳累，赶紧把萝卜条用开水泡上，等舒展后，捞出来剁成馅，再加上肉搅拌，最后放上调料等，霎时，香气氤氲开来，满屋飘荡。

等到包子出锅后，儿子上口不接下口地吃着母亲蒸的萝卜条包子，边吃边高兴地说，姥姥的包子真好吃，比上次我们在饭店吃的包子要好吃一万倍！我趁机对儿子说道，姥姥的包子是外面买不到的。

儿子边吃边点头，若有所悟似地说："知道，姥姥的包子是用心做的，里面有爱的味道。我们语文课上刚学了一篇《爱的味道》的作文，说的就是姥姥呢！"说着，儿子用双手做成了一个大大的心形。

母爱无边，永无止境，就如那涓涓流淌的小溪，永不停息，为了她的子女，为了子女的子女，她可以不知疲倦地操劳下去……

母亲的大锅菜

　　午饭时间和同事一块出去就餐。同事提议去吃东北大锅菜。这是一个很不错的餐馆。服务员很热情，不一会儿就端上来两碗大锅菜。同事吃了几口说，在外面吃过很多大锅菜，就是没有母亲做得好吃。是呀，母亲的大锅菜那才叫一个香呢！眼前又浮现出母亲做大锅菜的情景。

　　母亲把放入油中的肉丝烹上酱，撒上葱、姜、蒜、大料等佐料，然后再放两个西红柿，母亲说西红柿的汁炖菜提香味呢，之后再把洗净切好的大白菜放入锅内，同时要放上海带，而且不加水，就这样先炖着，母亲说这样可以让油更好地浸润到菜当中。炖得差不多了再加水。然后放入豆腐、粉条和妈妈自制的大丸子，调好火候炖着就行了。菜好时，一掀开锅盖，五颜六色的菜丸子都鼓着饱饱的圆圆的大肚子正冲着你笑呢。最后母亲再把调好的拌有葱花的香油醋倒进菜锅里，菜就可以出锅了。吃着香喷喷的大锅菜，听着父母说着家长里短的事情，好温暖呢。可如今身在异地他乡，为了工作整日忙碌，吃饭也是饥一顿饱一顿，吃遍了附近所有的餐馆，可没有一家能有母亲的饭菜做得好吃。我以为就

177

我自己有这样的感觉，可没想到同事也是如此。同事说："外面的饭菜再好吃，也没有那种味道。是什么味道我也说不清楚，反正就是一种让你感觉很熟悉很亲近的味道。"

这不就是母亲的味道，母爱的味道吗？

我突然很想回家，一是很想念父母，二是想念母亲的大锅菜。周末时间我踏上了回老家的列车。为了给母亲一个惊喜，我上了火车后才给父母打了电话。到家已是下午两点。一进门一股熟悉的、诱人的、浓郁的菜香味扑鼻而来。菜还在火上炖着，只不过是特别微小的火。我顺势掀开热气腾腾的锅盖，上面飘浮着一层鼓着大肚子的丸子，白的、红的、绿的，令我垂涎欲滴。母亲怜爱地打了下我的手，嗔怪地说："都这么大了，还跟小时候一样等不及掀锅盖。这菜早就炖好了，为了等你回来吃，我特意小火煨着呢。大锅菜越炖越香呢。"

热气腾腾，色香味俱全的大锅菜端上桌，我和父母围坐在一起，我们边吃边说边笑，欢乐的笑声在饭菜的热气蒸腾中氤氲弥漫。饭后，我走到正在厨房里收拾的母亲跟前说："妈，我来帮您。""不用，丫头，你快去跟你爸歇会去吧，我在家一天天闲着没事儿，干点小活儿解解闷儿。这儿马上就好。"我被母亲轰到父亲跟前。

父亲问了一些我的生活工作情况，而后，幽幽地说，看来你是你妈最好的医生呀。父亲说，母亲本来生病了，打针吃药也不见好。今天一听说我要回来，像遇见了神医一样，病也好了，精神也来了。她嘴里念叨着：太好了，妮儿终于要回来了。我给她做什么好吃的呢？对了，就做她喜欢吃的大锅菜吧。父亲借机开母亲玩笑："你不是说以后再也不做大锅菜了吗？"原来邻居家儿子娶媳妇，母亲过去帮忙炖大锅菜，可是不小心被油烫伤了。母亲扫兴地说，以后再也不做大锅菜了。可是现在母亲却置父亲的话于不顾，马上就开始忙活起来。所有的材料都准备全全的，可还是缺一样，菜丸子。父亲劝她买些现成的，可她不肯，说

178

外面买的不干净,硬要亲手给我做。父亲拗不过她,只好帮着她一起做。先是要择菜、洗菜、切菜,然后还要剁成菜屑,最后裹上白面往油锅里炸。炸到外酥内软时再捞出来。母亲一共做了六种菜丸子。从接到我电话到我进门,母亲一直忙得手脚不停。

　　我鼻子一酸,喉咙发紧,赶紧背过身去,拿出手机装作在看消息,任由泪水打湿手背……

跟父母，不商量

  周末和大姐回老家看望父母。我摸着父亲身上穿的衣服，对父亲说："爸，你身上这件保暖内衣不暖和了，我再给你买件新的吧。""买什么买？你看我的衣服都堆成堆了。别买啊，买了我也不穿。"父亲眼睛一瞪，着急地说。

  我知道父亲是舍不得我花钱，便随口说："没事儿，一件保暖内衣花不了几个钱。这次我给你买个厚点的，穿着暖和。""别买啊，你要是买回来，我就给你扔街里去。"父亲非常严肃且生气地说。这时大姐冲我使了个眼色。我赶紧附和着说："我不买，行了吧。"

  大姐私下埋怨我说："你想买什么就买呗，和家人商量什么？你一商量那肯定是不让买。家人怕我们花钱。你要是真买回来，他也就穿了。"大姐传授经验似的接着说："我上次给咱爸买了一个按摩仪，爸问价钱，我说二十元，爸说挺好用的。当爸知道是三百元买的时，说啥也不用了，非让我给退了，说又不好用了。我说不能退。爸心疼地说以后别买这么贵的东西了。爸不舍得咱们花钱，你要是提前跟他说，那他肯定不让你买。你想买啥，买就是了，不要跟父母商量。"

仔细一想，大姐说的话还真是这么回事。凡是问父母要不要买某样东西，那答案肯定是否定的：不买。但是只要我买回去了，父母虽然嘴上训着、吵着，以后别再买了啊，可心底里还是很高兴的。记得上次我出差回来给母亲买了一个保健枕头，母亲嘴上嘟囔着："买这东西干啥，净瞎花钱。"可心里却乐开了花，逢人便夸："俺小燕给俺买的枕头，睡着可舒服了。以前老是头疼、失眠，睡不好觉，可现在头一挨枕头就睡着了，一觉到天明，睡得可香了。"

可怜天下父母心。父母为我们操劳了一辈子，为了子女不惜付出任何代价，可对待自己却吝啬不堪，宁可自己省吃俭用，也不舍得让孩子们花一分钱。常回家看看，生活上的事情可以跟父母说说，工作上的事情可以跟父母谈谈，但是给父母买东西就不要提前汇报了。你看着父母缺什么，买就是了；你觉得父母需要什么，买就是了；你想给父母买什么，买就是了。

跟父母，不商量。买东西，无须说。

帮老妈设置报警器

老妈六十多岁的人了，上了年纪，记忆力也在逐渐地减退，这段时间总是忘这忘那的。要么是出门忘了带钥匙；要么是买个菜把手机落在菜摊上；要么是把东西刚放在某一个地方，可转眼的功夫就忘了放在哪儿了；从超市买好东西，钱付了，可东西却忘了拿；还有的时候手里明明拿着这件东西，可还在到处找这件东西。最让人担心的是，上次做饭时竟然忘了关掉天然气，幸亏发现得及时，只烧坏了一个锅，可这让老妈心疼了好长时间。

周末回家看父母，一进门，妈妈就像个做错了事的孩子跟我说："唉，真是老了，不中用啦！我早晨起来往太阳能里上水，可是却忘了关了。一直到中午才想起来，这得白白地流掉多少水呀！"见老妈那么伤心自责，我决定帮帮老妈。可怎么帮呢？我又不能天天守在老妈身边。我平时工作很忙，只能在周末抽时间回家看看。突然一个办法在我脑海浮现。有啦！我可以帮老妈设置报警器呀。利用现在的智能手机就能搞定。我先用手机录音，把老妈每天常做的事儿都设置成报警提醒。如："上水时间到""水已烧开，请关火""出门记着带钥匙"等。然后我又根据老妈的作息时间和生活规律把这些录音设置成了不同的时间报警音响。比如在早晨七点会响起："请往太阳能上加水。"在七点半会响起："水已上满，请关水。"在上午十一点半，报警会自动响起："午饭时间到，请做午饭。"十二点十分又会响起："饭已做好，请关火。"这一下子大大方便了老妈，老妈乐得合不拢嘴。

　　因为还是不放心老妈的"实战"技能，我破例在周末的前一天回到了家。老妈兴高采烈地说："你还别说，这个报警器呀，省了我很多心呢。多亏了这个报警器，可帮了我的大忙了，我只需按照提醒该干啥干啥，再也不用担心水会外流，锅会烧坏啦！"老妈正兴致勃勃地说着，突然报警器响起老妈的声音："明天是周末，闺女就要回来了。赶紧去超市买闺女爱吃的鱼和排骨吧。"我猛然一愣。老妈不好意思地解释着："这是我自己设置的报警器。知道你周末要回来，就把东西提前准备好，这样就等着你吃了。今天你提前回来了，我现在就去买。"

　　我转过脸，抑制不住的泪水不争气地打湿了手背。

做父母的拐杖

感冒数日不好,在医院里打点滴。相邻的病床上是一位看上去有六十多岁的老大爷。老大爷在病床上坐着,手上扎着针管,鼻子上吸着氧气,两个女儿在跟前忙碌着。

大女儿跟旁人说:"我爸皮实得不行,能扛就扛,一直瞒着我们,不对我们说,怕我们知道。"她无奈地摇着头。小女儿附和着说:"就是,你说你有病了,就早点治。非扛着,直到坚持不住了才上医院。以后感觉不舒服就早点看,别再这么硬扛了。"大家附和着说:"是呀,以后有病就早点治,别不跟孩子们说,你有病不说,老是扛着,花钱多,受罪,又难治。"老大爷笑了笑,而后瞪大眼睛认真地说:"我不是不治,我是不愿意让她们知道,孩子们都忙,知道了都在这儿守着,撵都撵不走。"大家笑着说:"可不,这当老人的都不愿意麻烦孩子,能坚持就不愿让孩子知道。"

我的心被抽了一下,想到我的父亲。父亲常年咳嗽,这是从小落下的病根,当时生活条件差,没钱医治,一直拖着,形成了老慢支。我们一直劝父亲去医院看看，可父亲满不在乎地说，这还算个病呀！可近些天父亲咳嗽得越来越厉害，而且还夹杂着呼吸困难。我们硬把父亲带到医院。医生说拖着可不行，不舒服要及时治疗。父亲说："平时也不当回事，实在难受了就去村卫生所看看。我不愿意让孩子知道，上班都忙，不能再给他们添乱。"父亲总是报喜不报忧，让我们安心工作不要挂念。

又想起了我们楼下的王奶奶，八十多岁的老人了，一个人孤单地生活着。那天在街上，我看到王奶奶手中拄着拐杖，颤颤巍巍地去买东西。我便跑去帮忙。我知道王奶奶的儿女都住在附近，就顺便问了句为什么不让他们来帮忙。王奶奶叹了口气说："他们忙，这点小事就不麻烦他们了。我这把年纪，也帮不上他们什么忙，就不能再给他们添乱了。""那您这样多不方便呀！"我有些担心地说。王奶奶看了看手中的拐杖，笑着说："没事儿，我有这个拐杖，出门有它跟我作伴，这就够了！"

父母为我们操劳了一辈子，可到了晚年却一点也不愿意麻烦我们。小时候父母是我们眼中的金箍棒，为我们撑起了一片天空；现在我们要做父母的拐杖，让父母依偎着稳步前行！

父亲，听话

　　周末回老家看望父母。在我们一家其乐融融的温馨交谈中，时不时地传来父亲的咳嗽声，我们赶忙问父亲："咳嗽又厉害了？我们去医院检查下吧。"父亲喘了一大口气，故作轻松地笑着说："检查啥呀？我这是老毛病了，你们又不是不知道。"是的，父亲是老慢支，咳嗽的历史比我的年龄都大。我们多次要父亲去医院检查，可都被父亲坚定地拒绝了。

　　父亲说："咳嗽于我来说就是家常便饭，不算个啥的，根本不用治。"可父亲的咳嗽却逐渐加重。我们都很担心父亲的身体，央求他去医院检查，可父亲眼一瞪，头一仰，手一挥，满不在乎地说："不用检查，我自己的事情我清楚。实在咳得厉害我就会想办法了。"可是父亲所谓的办法也就是在村卫生所里拿点药，打个针，简单地将就一下。执拗的父亲任凭我们百般劝说，就是一口咬定："不去！"我们实在没办法就去搬救兵——我们的邻居张大爷，他在村里德高望重，父亲对他很是敬重。

　　张大爷语重心长地说："孩子们你们知道吗？你爹不去的原因有两个。一是怕花钱。我们都是从苦日子里过来的人，一辈子省吃俭用，勤俭节约，没舍得往自己身上花过一分钱。一检查就得花钱吧，你爹哪舍得呀，虽然花的不是他的钱，但也是你们辛辛苦苦挣来的，他心疼呀！这二来呢，你爹怕影响你们的工作。"

张大爷说，因为我们姊妹四个都在外地上班，平时工作很忙，如果父亲要治病，肯定都要请假回来照顾他。父亲曾经对他说过："有啥事儿，我也不跟孩子们说，自己去药铺瞧瞧，拿点药吃就行了，跟孩子们一说就成大事了。你看吧，他们都得跑回来围你跟前，忙前忙后的，耽误了他们上班。所以有事千万不能跟孩子们说。"

最后，在张大爷的劝说下，父亲还是跟着我们去做检查了。

到了医院，做 CT，抽血化验。做完全面检查之后，医生说："有病一定要及时检查，不要老以为没事，大事都是由小病引起的。你原来的老慢支如果及时预防治疗，也不会到了现在的重度肺气肿。"办理完住院手续，父亲跟我们约法三章："你们该上班的上班，该忙的忙，不要请假。你们谁要是请假过来，我立刻拔针走人。"我们点头应允着，泪水早已模糊双眼。

可怜天下父母心，一辈子都在为子女着想。小时候，我们病了，父母经常对我们说："乖，听话，把药喝了。"现在，该我们对父母说了："乖，听话，有病咱得治。"养儿防老，用得着孩子们的时候了，就让孩子们去尽孝。

哭泣的雪花

"奶奶，雪花什么时候都不哭啦？"

五岁的小孙子望着窗外纷纷扬扬的雪花，充满期待地问奶奶。

"雪花马上就不哭喽！因为雪花知道宝儿的爹娘快要回来喽！"

"是真的吗？奶奶说下了大雪我爹娘就会回来了。可现在我爹娘为什么还不回来？"

孩子水汪汪的大眼睛清澈透明，晶莹的眼球里有闪亮亮的水珠在滚动。看着一脸纯真，幼稚，充满渴求的小孙子，老人走上前去蹲下来，把他搂在怀里，早已纵横的泪水悄无声息地打湿在孩子柔软发黄的头发上。

孩子的爹娘一年前去外地打工了。还记得他们当时走时，就经受了一番与孩子别离的折磨。刚开始，爹娘决定跟孩子讲明道理，当面告别离去。娘告诉孩子，她和爹要去外面挣钱，要走一段时间，让他跟奶奶待在家里，要听话要乖，爹娘回来会给他买好多好吃的好玩的东西。可话还没说完，孩子的头就摇得跟拨浪鼓似的，大声哭喊着我不要吃的我不要玩的，我只要爹娘。孩子的号啕大哭让爹娘没能走成。

第二次，爹娘硬硬心，直接走吧。又跟孩子一番好话相哄，背起行李包就走。可孩子却追着跑到村外，一边追一边哭喊着："回来，我不要爹娘走。"孩子撕心裂肺的哭喊，让爹娘含泪而归。

前两招都不行，只好偷走吧。这也是爹娘不愿选择的方式。他们不想在孩子幼小的心灵上留下阴影。但这真是无奈之举。当孩子回到家后，看不到爹娘，便是哇的大哭，哭喊着找爹娘，任凭怎么哄都无济于事。整整哭了一大晌，嘴里念念叨叨，迷迷糊糊地睡着了。醒来后，接着大哭。就这样，折腾了四五天，孩子的眼睛干涩了。孩子不哭了，也不闹了。奶奶那颗七上八下悬着的心终于缓缓放下了。这孩子总算过去这坎儿了。

一天，奶奶见小孙子在一张纸上画东西，便问："你画的是什么呀？""雪花。"奶奶这才看清了满满的一张纸上全是孙子所谓的雪花形状的东西。"你画这么多雪花干什么呀？""奶奶，我想起娘以前跟我讲过雪花是很神奇的。雪花可以帮助我们。我想告诉雪花，让我爹娘快点回来吧。"老人的心像被刀子戳了一下。原本以为孩子早已忘了的事，却没想到深深地刻在他幼小的心灵里了。他在用自己的方式期待着爹娘的归来。"那你要画很多天，雪花才能帮你呀。""只要爹娘能回来，我画多少都可以。"孩子每天都画雪花，边画边嘟嘟囔囔地自言自语。

可日子在孩子的期待中悄然无声地逝去，不带来任何惊喜。爹娘还是没回来。孩子再一次声泪俱下。这是爹娘走后的第二次惊天动地的大哭。"我画了这么多雪花，爹娘还不回来。雪花还是不帮助我。"奶奶安慰着孙子说："宝儿，你知道雪花为什么不帮你吗？""为什么？"满脸泪珠的小男孩强止住哭声，像抓住了救命稻草，认真地听奶奶说。"因为雪花在哭泣。哭泣的雪花是不会帮助人的。""那雪花什么时候就不哭啦？""当天上真正下大雪的时候，当雪花漫天飞舞的时候，雪花就不哭啦。到时候她就会帮助你，让你爹娘早点回来的。"老人的眼里也充满了期待。她想像着下了大雪，儿子儿媳总该回来了吧。

于是，孩子天天盼着下雪，可出奇的是，那一年冬天，竟然没有下雪。

日子在四季轮回中不厌其烦地重复交替着。

孩子依旧每天画着雪花。不同的是他在每片雪花的后面都加了一个哭脸，然后在每张画的最下面都会画上一片大雪花，在后面加上一个笑脸。

当秋天舞尽了最后一片落叶，又一个冬天挟裹着寒冷来临了。孩子心中期待已久的雪花也终于飞舞人间了。孩子高兴得手舞足蹈。脸上开出了灿烂的花朵。可这场雪还是没能让孩子如愿以偿。爹娘没回来。孩子好不容易绽放笑容的小脸又阴云密布，酷似哭泣的雪花。

"奶奶骗人，奶奶说下雪了，爹娘就会回来了。可现在为什么还不回来？"孩子委屈万分地说。

"是啊！你爹娘要回来了。他们已经上车了，只是外面下着雪，挡住了他们回家的路啦！"

孩子一声不吭地跑到外面，从院子里找出他的小铲，开始铲地上的雪。他吭哧吭哧地铲着，不顾纷纷扬扬的雪花把他遮盖成雪人。

老人背着孩子哽咽着给儿子打电话，你们快回来吧，我没法再骗孩子了。

孩子每天扫雪，直到第二场雪的到来。

爹娘回来了，终于回来了。冒着大雪。远远的就看到被裹成雪人的孩子在清扫路面，旁边站着同样是银装素裹的老妈妈。

娘紧紧搂着儿子说："我们再也不走了。"孩子蹒跚地跑回屋去，拿来厚厚的画满雪花的两个本子，泪流满面地说："别让雪花哭了，好吗？"那稚嫩而纯真的声音，随着尽情飞舞的雪花氤氲开来，洋洋洒洒于天地间，飘进每个人的心底，舞出一片洁白。

拨开云雾见天日。大雪飘尽，丝丝缕缕的阳光如跳跃的火焰，融化了冰雪，融化了寒冷，融化了哭泣的雪花。

八百里路

　　明天是奶奶生日。刚接到母亲电话,说她已在回家的路上,十一点到。母亲不容我多问,就挂断电话,她怕浪费电话费。我心里咯噔一下,心都提到嗓子眼儿了。娘是怎么回来的?她是怎么买的票?坐的什么车?我的心里像敲起了小鼓,七上八下,忐忑不安。

　　母亲六十多岁的人了,不听我们儿女的劝阻,硬要去北京打工。在我们不知道的情况下,娘跟着村里的一个包工头和另外几个打工人,一同坐上了北上的列车。我们都很担心。大字不识一个又从未出过远门且上了年纪的母亲,到那儿人生地不熟的,又得给人干活儿,能受得了那罪吗?尽管我们每天一个电话问候,但还是放心不下。我很心疼母亲,多次劝她回来,可她硬撑着说没事儿。娘走了两个多月,一直没有回来过。主要是因为没人和她做伴回来,她一个人不会买票,不敢回来。这次奶奶过生日,我们都不让娘回来,可没想到娘竟然回来了。这是第一次出远门的娘第一次自己一个人从有八百多里地远的北京回来。

　　车终于到站了。头发有些苍白的母亲,拎着一个多年前自己做的大布包，手里拿着一个小折叠板凳。还穿着那一身已有两三年的朴素衣服。"娘，累吗？"看着娘风尘仆仆的样子，我心疼地问道。"不累。"娘无力地笑着说。可憔悴不堪的面容，遮不住娘的疲惫和劳累。当得知娘是坐火车回来时，我们都很震惊。去火车站买票是件很麻烦很琐碎很累人的事情，连我们经常出门的年轻人都发怵，何况大字不识一个，没出过远门，又上了年纪的农村母亲呢？她是怎么去火车站的呢？又是怎么从火车站买的票呢？在我们的再三问询下，母亲给我们讲述了她去火车站买票的经过。

她昨天早晨就从工地出发，边走边问，换乘了两辆公交车，一路颠簸来到火车站。到了火车站，人山人海，行人熙熙攘攘，每个售票口都排起了长长的队，母亲也不知该从哪儿买票，见人就问，碰着耐心的人还跟你搭个腔，但大多数人都忙着行走，理都不理。娘问了半天，才走到了售票口排队。好不容易该着自己，售票员说只能买第二天的票，而且也快卖完了。午饭时，娘随便吃了点东西，然后就在那儿等着。在跟一个去石家庄的中年女子聊天时，她说娘坐的车有夜车，建议娘退票，重新买票。可大字不识一个的娘哪会儿退票啊！她问这个问那个，不知遭了多少白眼，受了多少冷落，最后在一个好心人的带领下，退了票，还扣了两元钱。为了表示感谢，娘给那个人花了十二元钱买了一袋瓜子，然后娘又去重新买票。这次买的是夜里四点的车票。终于买上票了，娘长出了一口气。娘着急忙慌地，晚饭也没吃东西，就这样一直在大厅里等着。

"那您晚上怎么睡的？"

"哪儿还能睡呀！候车室里人满满的，连地上都横七竖八地坐满了人，都没有下脚的地儿。我就来回走着站了一宿，没睡。"可怜的母亲，竟然站了一宿，没睡觉。六十多岁的人了，身体哪儿能顶得住呀！还记得我上次从北京回来，坐的是晚上九点的火车。在火车上困得不行，可睡不舒服，怎么也不得劲儿。到站时已是夜里三点，赶紧开上我们的车回家。一个小时的路程，让我承受了痛苦的煎熬，到家后，我合着眼匆匆地洗漱一下，然后就进入酣睡梦乡，一直到第二天中午一点才醒来。从那以后，我再也不坐夜车了。那个受罪劲儿，至今让我想起来都难受。

而娘的火车，竟然没座儿！得站着。一个六十多岁的老人，一晚上没睡，从凌晨四点要站上五个小时，哪儿能受得了啊！"出门光碰见好心人。"娘感激地说。一个像我们这般大的小伙子，看娘累，就给娘买了一个小板凳，也就是娘拿回来的那个折叠小板凳，可娘给他钱，他说什么也不要。善良的小伙子，我们替娘感谢你。因为你的善举，给一个从没出过远门的农村老大娘带来了方便，也给火车上的行人送去了温暖，更给她的家人带来了感动。你是我们大家学习的好榜样。娘就这样，一晚没睡，辛苦劳累地坚持了五个小时，于今天上午九点到站，然后又坐上了回我们县城的汽车。

看到娘这么辛苦，我们说："娘，这么远，你还回来干什么，自己人又不责怪你。"可母亲却说："话可不是这么说的。你奶奶过生日，这是大事儿，不能不到场的。别说是在北京，就是在国外，我也得想办法回来。"听着母亲的话，我们的眼睛湿润了。我们被母亲宽容的胸怀所折服。爸爸姊妹五个，当年家里小孩子多，奶奶看不过来。娘一个人带着四个年幼的孩子，忙得不可开交。致使当时仅有七个月的我从炕上滚到紧挨着炕的灶火上。火上坐着一锅水，我就掉进了锅里。幸好，抢救及时，大难里捡回一条命。村里人都知道娘生活得艰难，没个替手的帮忙。可娘毫无怨言。娘对奶奶特别的好。有了好吃的，或改顿善，都要先给奶奶送去。娘还经常给奶奶买衣服。奶奶有事了，娘都是第一时间奔到前面，忙前忙后，整个一顶梁柱。

母亲困得都睁不开眼，我们劝她睡会儿，可她却急着要去看奶奶。娘给奶奶穿上她从北京买来的一套漂亮衣服，一件红底儿碎花短袖和一条灰底儿上带有大花朵的宽松裤子。奶奶穿上新衣服，更显得精神矍铄，富态体面，神采奕奕了。

"百善孝为先。"娘用她的实际行动为我们做出了很好的表率。这八百多地不仅仅是一张火车票，不仅仅是六七个小时的车程，也不仅仅是在火车站站了一宿，更不仅仅是饱含着艰辛与困难的路途。这是一份感天动地的孝心，这是一种此时无声胜有声的语言，这是一种一切尽在不言中的亲情。

八百里路尽孝心，平淡中浓缩了多少真情！没有惊天动地的壮举，没有可歌可泣的事迹，只有一片真心，一片深情……

那一次我泪流满面

到现在为止,我遇到过很多老师,其中让我难忘的感恩的老师有很多,但最让我感动给我心灵震撼最深的,是我在清华大学继续教育学院参加培训学习时的班主任——张亚生老师。

张老师,看起来也就二十几岁,浑身上下洋溢着一种朝气蓬勃的活力,但又不乏成熟与稳重。他个头中等偏高,身材略瘦。俊气的脸上一双真诚而又深邃的眼睛,炯炯有神,散发出智慧的光芒。

张老师虽然是我们的班主任,但他一点老师的架子都没有。他随和,可亲,热情,助人。张老师时刻深入到我们学生中间嘘寒问暖,关心我们的生活,问我们吃得好不好,住得习惯不习惯,学习累不累等。哪个老师遇到问题了,哪个老师碰到麻烦事了,张老师都会耐心地上前帮助解决。课前课后我们都会看到张老师忙碌的身影。在我们上课时,张老师也不闲着,他陪我们一起听课,记录听课材料,还要拿相机及时捕捉师生互动的瞬间,以便给我们做结业的 PPT 用。还记得毕业典礼上,张老师为我们精心制作的 PPT,放映的每张照片都凝聚了我们短暂十天的美好点滴，印证了我们吃在一起，住在一起，学在一起的难忘历程，加上张老师用心写的文字解说，让我们每个人看了潸然泪下。

张老师对我们的关心和照顾，让我们每一个学生都难以忘怀。学习结束时，我们在谈论各大名师和教授讲解的同时，也都不约而同地提到了张老师的管理，都竖起大拇指，大加赞叹。

学习结束回到家乡学校后，回忆起在清华大学的生活点滴，我备受感动，情不自禁地写下了一些文章。偶然机会，我把这些文章在QQ群里，向张老师汇报。没想到张老师把我的文章推荐到了清华大学继续教育学院主办的《继教人》校报上了。我知道后，是又意外又惊喜。在卧虎藏龙，人才济济的清华大学，我一个偏远农村的普通基层教师的文章能被刊用，这意味着什么？我清醒地知道，以我的写作水平是远远不够的。这背后凝聚着张老师的关怀和期望。张老师用特快专递给我邮寄了二十份样报。手捧样报，读着自己的文章，我热泪盈眶。这是张老师的功劳，深深地见证了张老师对一位农村普通教师的关爱和鼓励！

我对张老师的感激之情是难以名状和描述的。心里默默期待着能有机会来北京感谢张老师。真是天助我也，这次有幸来清华大学参加为期五天的培训学习，我怀着对张老师的无限感激之情和对清华大学至高的向往再次踏上了清华之行。

我们第一天在主教学楼合影留念时，恰好碰到了张老师。他正忙着组织另一个班的学生举行开学典礼。看着他步履匆匆，忙前忙后的，我也不好意思打扰他。上前握了握手，问了两句好，张老师就开上车，向南疾驰驶去。

第二天晚上，我收到了张老师的短信，问我在哪里，要请我吃饭。我当时正在丰台科技园《演讲与口才》杂志社与一位编辑在一起。他说那等我回学校后说吧。第三天上午，张老师短信，问我何时有时间，想请我吃饭。要请吃饭，也应该是我请张老师呀，怎么能让他请我呢！中午放学后，我就电话张老师，要请他吃饭，可张老师临时有事，脱不开身。我知道张老师很忙。一期又一期各种形式的培训班，让张老师忙得手脚不停不可开交。张老师真是太辛苦了！

今天上午在第一节课快下课时，我收到短信：我在你教室508室门口等你。我心里顿时像怀揣着一只小兔子，嘣嘣乱跳，又惊喜又不安。惊喜的是我想见到张老师，不安的是怎么能让张老师来看我呢？一下课，我第一个就冲出教室，一眼就看到了站在走廊边儿的张老师。他还是那么随和，可亲，热情，友善。张老师关心地问我的学习和生活情况，让我如沐春风，倍感温暖。说话间，张老师把一个手提袋送给我说："我现在接的是教育部的一个培训班，很忙。晚上都十点多了还没忙完，也没时间看你，请你吃饭。这是给你带的一个小礼物。""这怎么能行？"我对这意外的馈赠感到既惊喜感激又手足无措。"张老师，这怎么能行。本来是应该我感谢您的，怎么还能让您送我礼物呢？"张老师温和地笑着说："没什么的。"然后让我不能推脱地接受了礼物。

上课时间到了，我依依不舍地跟张老师再见。回到教室的座位上，我心潮澎湃，心里像翻腾着汹涌的浪花久久不能平静。带有清华大学字样和图案的手提袋里，是一个漂亮的精致的红色盒子，在黄色的绸缎料子装饰的里面躺着一个光泽鲜亮，材质上等的很上档次的灰褐色水杯。张老师在百忙之中，还记着一个仅上过十天课的普通农村教师，还能在百忙之中抽出时间，跨过很远的距离，爬到五楼特意来看我，还给我带来礼物。我不禁泪湿面颊，眼前一片烟雨朦胧了！

人世间最幸福的事情莫过于感动！张老师这种对学生发自内心的无微不至的关爱和照顾以及张老师这种宏大无边的师爱，值得我们去学习一辈子。张老师用自己的实际行动和大写人格让我们明白了什么是为师，什么是师爱，从而也让我更好的去师承，把张老师这种高尚的师德和无边的师爱永无止境地传承下去，发扬光大！

197

师爱无边
——记清华大学外文系教授范文芳

一

在清华大学学习期间，大师们不仅用渊博深厚的知识，给了我们文化的给养，使我们像干涸的土地在如饥似渴地吮吸着甘甜的雨露；而且他们用自己的实际行动，给了我们心灵的启迪和人格上的洗礼。其中给我们印象最深，最让我们感动和难忘的是清华大学英语系教授范文芳。

范文芳教授是清华大学英语语言学教授，博士生导师，2004-2005年期间，为美国哈佛大学语言学系高级访问学者。现任清华大学大、中、小学"一条龙"英语教学研究中心主任，全国基础外语教育研究培训中心副理事长，中国教育学会外语教学专业委员会学术委员会委员，中国语言与符号学研究会常务理事，中国功能语言学研究会常务理事等。

头上有这么多光环的大师级人物，给我们上课时，却温和可亲，平易近人。讲起课来，那真叫精彩。范教授把《IRF三话步回合交互模拟与课堂交际模式》的高深课题理论，结合我们课堂中的教学实例，讲得生动、深刻、具体、详实，赢得了同学们的高度好评，让我们明白了原来课题就来源于我们的日常教学中，又实践于我们的教学，从我们课堂教学的点滴事例中去验证、去总结，然后又指导服务于我们的教学工作。

二

范教授讲，在清华大学大、中、小学"一条龙"的小学英语教材里，她编了一个"Billy the cat"的故事。翻译下来，意思大致是这样的：Billy the cat去放风筝。当时风很大，正好合Billy的意。一开始，Billy一点儿一点儿地往外放风筝线。风筝随着风力越飞越高。Billy非常高兴，于是就拍手鼓掌。可就在这时，风筝线从Billy手里脱落了，Billy跳起来去抓绳子。"太好了，我抓到线了。"Billy抓住了风筝线，突然感到很轻，Billy在哪儿呢？风筝把Billy带到了天空。Billy和风筝飞啊，飞啊，他们飞得是那么高，Billy害怕极了。

一位老师在讲这节课的公开课时，给学生们提出了一个生成性的问题：Billy怎么样才能返回到地面？老师让小组讨论找到解决的办法。同学们给出了很多答案。其中一位小同学是这样写的，翻译成汉语就是：Billy看见地上有一个人，他大喊道"救命，救命！"那个人看着Billy，说："你再次拍手鼓掌"。Billy就拍手鼓掌，风筝飞出他的手心，Billy返回到地面上。Billy很高兴，虽然他摔伤了腿，但是安全地返回到了地面。

说到这儿，范教授说："我的眼泪又要来了。这个小同学给的答案太好了，完全可以当成续集来写。他能前呼后应地用上拍手鼓掌，从而使Billy the cat安全返回到地面。这节课能把孩子的思维引导到这里，说明这节课上得很成功。我真的很感动，当时听着课，我的眼泪就流下来了。"这是高兴的泪水，为孩子们骄傲的泪水。

范教授还讲，她每天夜里都要忙到很晚，有时要到凌晨三四点。有一次，她正要睡觉，忽然发现有一封邮件，就赶紧回了过去，当时已是凌晨四点。后来呢，那位被回信的老师，就发了一封公开表扬信，说范教授是如何地敬业，如何地有爱心，如何地热情，凌晨四点就起来工作。"其实，她不知道，那个时候我还没睡呢！"范教授一摆手势，诙谐幽默地说。

范教授讲课，就如小品演员在演小品，又如相声演员在说相声，精彩到了极致。课堂上不时响起阵阵掌声和喝彩声。

三

范教授真是一个大才女。她不光在学术领域建树颇丰，而且琴棋书画样样精通。范教授业余从事歌词创作。代表作有《为你打开的雨伞》、《喜庆新年》、《我的姑娘》和《银铃颂》等。现为北京音乐家协会会员。其中《为你打开的雨伞》是著名歌手谭晶演唱的。那天下午范教授给我们上完课后说，晚上在北京天桥剧场有一场独唱音乐会，其中就有《为你打开的雨伞》这首歌，范教授作为作词人，收到了邀请函。这时，我们班有同学说："范老师，我们可以去吗？我们也想去。"

"真的？你们真想去啊？"

"是的，一定要带上我们。"班里几个活跃分子争先恐后地说。

"好的，那我现在就给你们打电话问他们。"

"天呐，太好了。Yeah！"我们欢呼雀跃起来。

"喂……"

"嘘……"范老师正在打电话，我们做出了不要出声的手势。

"赵老师，我是范文芳。不好意思，打扰了。是这样的，我有一帮学生特想看咱们今晚的音乐会。"

"噢，什么，没座？……"

"没事儿，我们站着就行。"我们赶紧接茬，生怕机会溜走。

"噢，她们说她们站着就行。啊，有几个人？噢，我可以带几个？五六个？"

"能多带几个吗？"

"噢，八九个吧。"

"噢，Yeah！我们可以去看音乐会了。"我们狂欢起来，本来以为只是随口说的一句话，没想到还真能梦想成真。

"晚上七点准时到。"班长对我们说。

四

一下课，我们一行十二三个人就直奔四号线地铁。在地铁里，班长接到了范教授的电话，让我们从菜市口下，而且嘱咐我们要注意路上安全。到了菜市口，范教授又给我们发短信，告诉我们走的路线。我们步履匆匆地到了北京天桥剧场。不一会儿，范教授也风尘仆仆地来了，身边跟着一个身材高挑，皮肤白静，一脸稚气和书生气的小姑娘，是她女儿。范教授跟女儿说了几句话，递给女儿一个信封似的东西，女儿就先进去了。这时，范教授转过身来，温和可亲地对我们说："我马上打电话联系，看你们怎么过去。"不一会儿，来了几个工作人员。范教授说："这是我带的学生们，给你们添麻烦了。"

"一楼已经满了，你们去二楼吧。"我们跟着工作人员到了二楼指定的位置坐下。工作人员说："你们真幸运，我们这儿不是谁说来就能来的。"

我们几个都异口同声地说："范教授真是太热心，太善良了！"

能如此近距离地看一次电视上的现场直播，真的是很震撼、很感动！这次音乐会是"神州共举杯"独唱音乐会，庆祝中国共产党第十八次全国代表大会胜利召开。美轮美奂暖意融融的舞台，深情感人优美动听的演唱，冲击着我们每一个人的心灵，让我们享受了一场精彩的文化盛宴。

看完演出，范教授还送我们每人一张光盘。

五

毕业典礼那天上午，所有的活动都进行完了，可是全场没有一个人离开。因为班长给我们第一时间播报喜讯：范老师要来看我们，而且还要带来光盘，发给上次没有拿到的同学。

范教授来了，还带着一位青年歌手。

范教授为我们表演了英语绕口令，还唱了英文版的《为你打开的雨伞》，歌声温柔婉约，陶冶着我们的情操，滋润着我们的心灵。然后是青年歌手为我们唱歌，歌声嘹亮浑厚，荡漾在我们的心头，感动着现场的每一个人。

接下来，很多人拿着光盘让范教授签名，然后是合影留念。范教授乐此不疲地忙得应不暇接。最后，在我们的依依不舍中，范教授与我们再见！很多同学的脸上都挂着晶莹的泪花。

范教授，您用您的博学和多才，让我们感受到了求知的快乐和幸福；您用您的真诚和善良，让我们感受到了生活的美好和希望。师爱无边，师魂高尚。您用您伟大的师魂谱写出了人世间最优扬、最纯净、最动听的歌曲！

We love you forever, Wenfang Fan!